林秋离 著

偷你的心情，写情歌

藏在音符背后的故事

Steal your mood, write a love song

中国出版集团
现代出版社

版权登记号：01-2014-6852

图书在版编目(CIP)数据

偷你的心情，写情歌 / 林秋离著. —北京：现代出版社，2017.3
ISBN 978-7-5143-4411-0

Ⅰ. ①偷… Ⅱ. ①林… Ⅲ. ①散文集－中国－当代 Ⅳ. ①I267

中国版本图书馆CIP数据核字（2016）第325511号

偷你的心情，写情歌

作　　者	林秋离
责任编辑	邸中兴
出版发行	现代出版社
通讯地址	北京市安定门外安华里504号
邮　　编	100011
电　　话	010-64267325　64245264（传真）
网　　址	www.1980xd.com
印　　刷	三河南市阳印刷有限公司
开　　本	880mm × 1230mm　1/32
印　　张	8.5
版　　次	2017年3月第1版　2017年3月第1次印刷
书　　号	ISBN 978-7-5143-4411-0
定　　价	42.00元

秋離兄：

愛就是愛 不用多說

就是愛你、就是愛你

的創作!!

謝謝您的愛

華仔 書

偷你的心情写情歌

目录
CONTENTS

TOUNIDEXINQINGXIEQINGGE

目录
CONTENTS

当沙沙的风吹
每一片叶
掉一滴泪
夜夜有人心碎
他们相信谁

每次你若爱过谁

就剪短了头发到耳垂

消瘦脸庞眼眶黑

我看了都会心碎

目录
CONTENTS

每个人
是否都有一些
来不及想做的事
是否
这一辈子
就唏嘘又唏嘘

如果要我将你一生
写成一首诗
我不写梦
只写你的手
守着你是我
不是风

林秋离，就是让我的音乐被听懂的理由

金曲奖最佳国语男歌手 / JJ林俊杰

内心有太多的画面，太多的故事，太多的话，不知道该怎么表达。

终于有一天，我从钢琴声里找到一种与心灵的共鸣；

终于有一天，有一种节奏与我的心跳结合了。

我找到了自己的声音，自己的创作，自己的音乐。

但还是有人听不懂。因为它缺乏对的文字。

林秋离，就是让我的音乐被听懂的理由。

他从我的音乐里发掘我内心自己还来不及说出口的情感。

他甚至让我更了解自己。

在我人生中还没走过的路，他的歌词仿佛帮我先走了一遍，回头再来告诉我。

在我最需要被懂时，林秋离老师一直都在。

他从来不耍文艺，被问到怎么写得出这些歌词时，他总是用开玩笑的方式来带过。

但其实，他的内心又有谁能真正懂?

还好，透过我们的歌，让我更懂老师的心一些些。

希望我们能够继续创作，创出一个新地球来。

《天黑》这首歌让大家认识阿杜的声音

新加坡男歌手 / 阿杜

我一直很感谢林老师，不仅是音乐上的启蒙，做人处事方面也给我很多指导，在我心目中，他是一位令人尊敬的长辈。

刚到台湾的时候，陌生的环境，没有什么朋友，虽然林老师很随和、幽默，但因为他是我的老板，我不大敢和他聊天；唱片宣传期，老师带着我跑通告，我比较不擅言辞，记者会或访问不知道要说什么？他也给我很多建议。

林老师叮咛公司的人要特别照顾我，周遭的人对我都很好，台湾人很友善，我很喜欢台湾，每次只要回台湾，一定会和林老师联络。

这几年唱了许多歌，但印象最深刻还是《天黑》这首歌，《天黑》让我的歌唱生涯不仅在台湾立足，更红到大陆及新马，让大家认识阿杜声音的特色，后来有机会可以唱到更多好歌。

我觉得林老师写的歌很有意境、画面，可以帮助歌手更快进入情景，很开心听到林老师出书了，这一定是一本好看的书，先预祝林老师的新书大卖。

秋离老师的词写得细腻也写实

南方二重唱/阎宗玉

真的！这本书收录的《当兵前的男朋友》这首歌，是南方二重唱在乐坛初试啼声首张专辑中的作品。没错！就是一直以来形象清新，唱着民谣风格的南方二重唱所演绎的歌曲。

谢谢秋离老师、美玲老师把这么独特，且谈论“兵变”[1]的歌交给我们，从编曲开始带批判的电吉他贯穿全场，牵引歌手的情绪至沸点！但对一个新人来说真是震撼教育啊。记得美玲老师帮我们配唱的时候，一直提醒主唱大南方不能唱得像军歌，尤其口气的掌握特别难！

因为我们没“兵变”经验，一切得靠老师带领，秋离老师的词写得细腻也写实，那种对爱的交战要释放也收敛，难度大过于以往接触过的歌，但就是这样的训练让南方蜕变，真是何其幸运！其实这样的议题，在现实中你我都听过，歌曲反映着人生，让人省思男女对爱的考验迥然不同的逻辑与思考，这就是台湾流行音乐的实力，非风花雪月而已！

“南方二重唱”的团名其实就是源自第一张专辑中，林秋离老师帮我们写的“我从南方来”这首歌而来的。这首歌不仅使林老师拿到当年金曲奖最佳作词人奖，南方二重唱也第一次拿到金曲奖的最佳演唱组奖！对我们而言，这首歌是人生中很重要的一首歌。

南方二重唱
大南方

① 兵变：台湾用来形容在服兵役期间男女朋友分手。

华人音乐圈有林秋离，是所有人的福气

资深广播人 / 王介安

他是个有诗人气质的文字魔术师，一直是仰望他的。但他出现在我身边之后，亲切、随兴，有种“大哥”风范，在他身边总是觉得被照顾得很好。秋离老师是一个很特别的人。真的。

在一个炎热的午后，接到秋离老师电话，他“邀请”我为他的新书写推荐序，我的脑子只是“轰”的一声，我哪够格？？但却满心期待。因为能和“大师”联结，三生有幸。更重要的是，我可以先睹为快，着实愉悦！

浪漫、倔强，多情、冷静，忧愁、乐观；善体人意、坚持己见……我真的很难形容这个复杂的综合体。他是我的老板、兄长、老师、好友，但一个最终极的名字，也是大家熟悉的名字，他是个杰出的作词人，他是林秋离，永远不变的林秋离，总是在文字中带给大家惊艳的林秋离。

在流行音乐的国度中，旋律是一种感觉，是一种心情，歌词是一首歌的灵魂、精神。旋律再美，没有好词，也无法打动人心。

一首歌词，每个人都有自己的想象，或对号入座，或想象他人，但“创作的初始动机”只有创作人自己知道。当我们知道这些创作背后的原始故事，你可能惊讶和你的理解差距很大，也可能会心一笑“竟然是这样”。

看了秋离老师这本书的初稿，实在是太有趣的一本书！述景写情，依旧是秋离老师擅长的。但最引人入胜的是一种对生活的黑色幽默及情感的想象空间，不仅让我们从歌词感受温柔，也从故事体会人生。

“内行人看门道，外行人看热闹”，应该很适合这本书的定位。想学着写歌词的人、想知道娱乐秘辛的人、想看书打发时间的人、想体会人生况味的人，都应该看这本书。有时让你爆笑，有时让你感伤，更重要的是，让我们从不同的视角来看看生活的不同样貌。

我一直觉得秋离老师是个诗人，诗人的心是柔软的，诗人的心是坚强的，他透过文字传递柔软与坚强，让我们在字里行间中感动、感受、感谢，感动他陈述的故事、感受他撰写的力量、感谢他呈现的美好。华人音乐圈有林秋离，是所有人的福气。

虽然，我们不是诗人，但愿我们在这本书中都能感受到诗人的浪漫。

写进人们的心坎里，说出现代人爱恨情仇的心情故事

金马大导演 / 李行

我很早就认识林秋离，知道他是一位专业音乐人，创作过许多大家耳熟能详好听的音乐，而且慧眼独具发掘好几位流行乐坛优秀的新星。大家都知道他的歌写得很好，鲜少人知道他也是一位生活实践者，非常懂得生活和经营家庭。他与熊美玲夫唱妇随，两人一起创作、一起做音乐、共筑美满家庭，追求平淡自在的生活态度，在娱乐圈身为知名的艺术创作人，这是很难得的。

有件事让我对他很佩服，他竟然能够和捷安特自行车董事长刘金标一起骑着单车从北京到上海，也和家人骑着单车游遍台湾各地，这是一件很不容易的事，令人刮目相看。林秋离是一位非常懂得生活的人，将创作思维融入生活，并将生活态度融入创作中，才华洋溢、文笔细腻，才能写出如此深刻的歌词，写进人们的心坎里，说出现代人爱恨情仇的心情故事。

李行

信手拈来，说故事的本事一流

音乐人 / 丁晓雯

有别于一般作词的宅男宅女们，

秋离是我认识的最会行走江湖的创作人，

能言善道、善于结交五湖四海的朋友。

信手拈来，说故事的本事一流。

唯独碰到了美玲，

天地间流浪的沙鸥，就此落脚。

于是歌坛出现了一对神雕侠侣，

创作出一首又一首脍炙人口的作品。

陪伴我们度过一程又一程悲喜的人生……

文字犀利，且兼备深度与广度

音乐制作人 / 涂惠源

秋离是我多年的词曲合作搭档，从入行开始到张惠妹的《剪爱》、《听海》；文字犀利，且兼备深度与广度。他的文字作品不限于歌词形式，对于生命与情感哲理也很有独特诠释。

两位写的歌如此贴近人心

台语歌天后 / 江蕙

先恭喜秋离老师、美玲老师出了一本好书。

没有你们的好文笔，我也无法唱出如此令人感动的歌曲。

因为两位写的歌是如此贴近人心、贴近人群。

未来希望你们创作出更多感动人心的好歌。

大陆版序言

算一算时间，我上大陆的文学网站看书，也已经有七八个年头了。尤其是后来用了 iPad 以后，更是废寝忘食地看!

当然，我只看小说类。其中某些大神的作品我基本上是每一部都追看。我在课堂上对学生说，许多精彩的小说里，对人物的刻画都很生动，宛如让我们看到了另一个人的人生与思维，这些书或多或少也都是我创作灵感的参考来源。

而如今，我自己要出书了。

在台湾，从小就听我的歌的人很多。常常遇见人这么对我说:“我从小就听你的歌长大的!”这时我通常都千篇一律地回答:“从小人们都叫我神童，所以我们应该一般大!”后来到了大陆，人们直接对我说:“林叔叔，谢谢你帮阿杜俊杰写歌!”听得我一阵白眼，好嘛，这下子我直接跳过了青春岁月!

其实想想也对，十几年前的人们听歌都不太会留意到词曲人的名字，而我跟熊美玲实在是太常出现在电视屏幕上，搞得人们不记住都不行。只是林秋离是男是女，到现在还是有人搞不清楚!但不管如何，大姑娘上花轿是头一回，我到底为了出书还是得曝光，一个长发披肩的……老头!

书里面拉拉杂杂地扯了一堆，许多人好奇我写每一首歌背后的故事，现在突然发现我老说自己，可能会觉得无趣。但是这些都是真的。

我的生活本来就是一场求生之战，只不过苦中作乐而已。若是当真要写出歌词里的故事，那有一些歌可以完整写一本书出来。只是听歌的每一个人都可以听出自己的一些故事啊，我该写谁的？

所以，我写歌你们编故事，而我写故事时，你们听歌！真的，边看这本书边听歌绝对是个不错的体验，我自己也是边听边写的。

这本书只爆我自己的料，没八卦，但看过的人都说不难看，希望你们会喜欢，多买一些，让我的下一本有动力写，谢谢啦！

CHAPTER

第一章/

当沙沙的风吹
每一片叶
掉一滴泪
夜夜有人心碎
他们相信谁

谢谢你的爱

泪开始坠落

是不敢不想不应该
再谢谢你的爱
我不得不存在　啊　像一颗尘埃
还是会带给你伤害

是不敢不想不应该
再谢谢你的爱
我不得不存在　啊　在你的未来
最怕这样就是带给你永远的伤害

谢谢你的爱

作词：林秋离
作曲：熊美玲
主唱：刘德华

不要问我一生曾经爱过多少人
你不懂我伤有多深
要剥开伤口总是很残忍
劝你别作痴心人
多情暂且保留几分
不喜欢孤独　却又害怕两个人相处
这分明是一种痛苦
在人多时候最沉默　笑容也寂寞
在万丈红尘中　啊　找个人爱我
当我避开你的柔情后

说到偶像，我还真的没有。

人们提到信仰，认为没有信仰就不知如何排解负面情绪，从而导致性格偏移，生活无重心，无所适从。

我想我也不例外，妈妈是那种逢庙就拜的传统台湾妇女，从小陪着她台湾南拜到台湾北，各种保佑都求了，偏偏就没有求过神明保佑我文思泉涌。

总之，身体平安求了（虽然我身上的疤痕会吓你一跳），学业进步也求了（后来我的最高学历是高中肄业，可是现在正担任大学教授），婚姻顺利更是重点项目（还好我终于在二十五岁告别处男生涯）！

终于在我写出第一首大卖的歌曲以后，我明白了一件事：我前面用三牲素果献祭神明保佑，后面用生花妙笔祈求众生埋单，果然我一路靠写歌养家糊口直到今天。

所以我心中没有偶像，但我喜欢刘德华。

记得那年在可登唱片，大头（陈复明）带了一个帅哥来见我，那时候华仔还有一点青涩，公司要我写他专辑里的一首歌，同时也是他主演的电影主题曲（《法内情》）。

我们交谈了几句，后来我按捺不住心中的忌妒，赶紧逃离现场。哪里来的这么帅的男人，赶紧回家守住熊美玲，心想着绝对不能让他们见面，我们刚刚订婚，婚结了才答应帮他写歌吧！

后来果然曲子是大头自己写的，但歌词呢，我倒是填了。那是我第一次认识华仔的心理状态，那时还不流行偶像这个名词，但我隐隐约约觉得这种人是祸害！

经过了一些年以后，华仔果然祸害了很多怀春少女，可是让我最佩服的是，他给了她们幻想，但从不破灭她们的美梦。华仔一向洁身自好，形象好到不行，我忍不住想，这才是真偶像，偏偏他又一直单身，所以美玲也很欣赏他。

当然那时她已怀胎数月，所以我大吹大擂地说起当年我初见他时是如何如何！美玲半信半疑地瞪了我许久："那《法内情》那首歌为什么没找我写？"

我满头大汗地辩称，是大头忌妒你的才华，结果自己写掉了。当下顾不得大头的复仇，先把怀孕的老佛爷安抚好再说，可是，命运啊命运，转了好几圈的命运，还是掉到我头上来。

那是在一个大堆人吃饭的场合，毛头（周治平）也在座，聊着聊着，突然毛头对我说："秋离，跟美玲帮刘德华写一首歌吧。这张我是制作人，挺一下吧！"我酒精上脑，二话不讲，满口答应。

回到家后，语言组织了很久，期期艾艾地跟老婆说："想不想帮华仔写歌啊？"只见老婆满眼星星，兴奋地说好啊！我于是帮她冷却一下："不急啦，等毛头电话来正式邀稿再说啦。"

然后，我就有计划性地忘记这件事情。可是，事情永远不会忘记我们。两个月后，我接到一通电话："秋离，我是毛头，我现在准备搭车到机场，华仔的歌准备好，我顺道经过你家那边的交流道，到时拿给我。"

我疯了！那时老婆正在拖地板，我电话一挂，跟她说赶紧的，刘德华的歌赶紧写！她也疯了，拖把一扔，冲进她的工作室抱起吉他刷刷刷，然后啦啦啦，冲出来把卡带丢给我，我再冲进去我的工作室抓起笔刷刷刷，然后哇哇哇（试唱歌词），再一起冲进她的工作室听她哇啦啦哇啦啦（唱小样 DEMO）！

一个月后，毛头来电话："秋离，来公司领钱吧！"我有点纳闷，领哪笔钱啊？到了唱片公司，只见毛头贼兮兮猛盯着我："恭喜啊，主打歌呢！”

我还是一头雾水，谁的专辑啊？叫啥歌名啊？这下毛头不肯了，帽子一掀，丢在桌上：“吼！你连歌名都要我帮你想，刘德华的专辑主打歌啦，《谢谢你的爱》啦！”

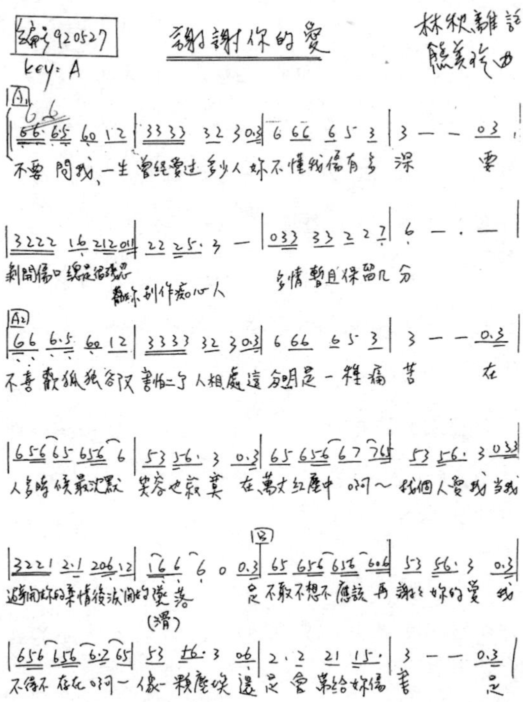

《谢谢你的爱》之后语

我跟华仔都喜欢吃麻辣火锅跟打保龄球。有一次他来台湾时打电话给我，约我打球。可是我在林口家里，实在懒得下山去台北，于是我说：“你来林口吧，这里有新球场。”

结果他真的来了，不止如此，他的粉丝们也跟着来了。据说，在过高速公路收费站时，粉丝们的各种车辆一致礼让华仔的车先行。

然后就出现这样的一个画面：华仔的车子领先在前，其他车辆顺序排在后头成尖锥状，一路浩荡上山直指我家杀来！

后来我们开打时，华仔打全倒，后面一阵欢声雷动；而我打出全倒，后面竟然嘘声一片！

我恼羞成怒之余，回头恐吓他的粉丝们：“再嘘我，我就不帮写歌！”果然，一晚上球场里各种欢呼各种喜庆，声震屋瓦，搞到警察都来表示关切了。

江南

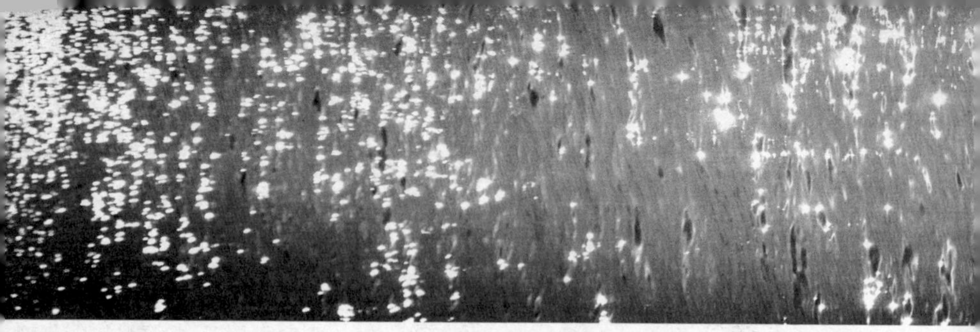

天天年年天天　的我
深深看你的脸
生气的温柔　埋怨的温柔　的脸

不懂爱恨情愁煎熬的我们
都以为相爱就像风云的善变
相信爱一天　抵过永远
在这一刹那冻结了时间

不懂怎么表现温柔的我们
还以为殉情只是古老的传言
离愁能有多痛　痛有多浓
当梦被埋在江南烟雨中

心碎了才懂

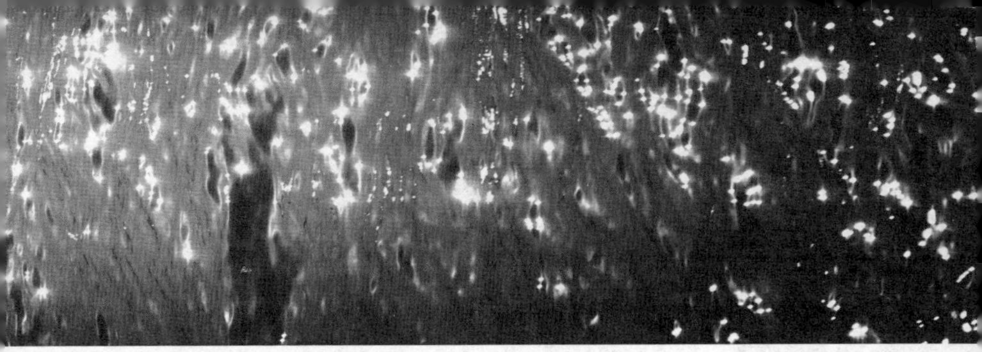

江南

作词：李瑞洵（林秋离）
作曲：林俊杰
主唱：林俊杰

风到这里就是黏
黏住过客的思念
雨到了这里缠成线
缠着我们流连人世间

你在身边就是缘
缘分写在三生石上面
爱有万分之一甜
宁愿我就葬在这一点

圈圈圆圆圈圈

某些损友常常取笑我，说我的气质很显然地跟我的名字不太符合。当然，这些话我都当作羡慕忌妒恨这一类的酸葡萄倒进厨余桶子里。

事实上我年轻时还算得上是典型的文艺青年，虽然离高富帅还有一段距离，但是在那个重视内在不重视外表的时代，我们这种高高瘦瘦型的男生还是有市场的。

不可避免的，我们文艺青年都会做一些小白日梦，因为读过一些诗词，所以看起古文来比较不吃力，偶尔卖弄几下文笔，也是可以赢来一些文艺妹眼中的星星。

当然星星是卖不了钱，但是虚荣总是可以累积自信！

宋词因为时代的关系，少了唐朝的烟火味，多了一些跟现代比较接近的情爱风，尤其是李清照，她简直就是我择偶的标准。凄凄惨惨的词看多了，忍不住就想拿起笔来最难将息一番，于是，我的人生目标出现了——我想当一个作家！

这是很严肃的愿望，至少我认真地去执行了。我规定自己每天至少写一篇东西，从十七岁到二十五岁，我写的东西早已超过我的身高，就堆在我家里的柜子里。

直到有一天，我爸说话了，奇怪？家里老是有那么多白蚁飞来飞去。我妈寻寻觅觅半天，终于在柜子里找出一个一人高的白蚁巢，全家叹为观止，赞叹不已。

我回家时还被找去一起瞻仰这个奇观，我正瞠目结舌地望着这非洲大草原才会出现的建筑物，突然想起我的大作，随口问我妈："我写的那些东西呢？"

只见我妈依旧赞叹着说："都在这里了，全在这里了！"语气中充满了对他儿子几年来可以写出一个白蚁巢的奇迹的惊喜，然后我就受到惊吓了。

幸好后来我认识了熊美玲，把我从建筑师重新变回作家。当我做完林俊杰的第一张专辑，结果遇上 SARS，唱片业一片哀鸣遍野的景象。

我很不服气地想翻本，我想出版像《哭砂》、《听海》、《剪爱》一类红遍大陆的歌，于是我想起了“江南”。

对爱读诗词的人来说，江南有太多的感触了，连皇帝都三不五时[①]地想要去走走的地方，尤其是秦淮河的歌妓，唱的又是当时的流行音乐，怎么能不写江南?

可是江南要怎么写?

俊杰的曲子写出来以后，大家都很满意，尤其是他为了对抗 SARS，在大陆跑宣传的时候，应公司的要求采取乡村包围城市的战

① 三不五时：闽南语的音译词，是经常，时不时的意思，表示很频繁。

略，一共跑了二十六七个三四级城市做宣传，随身带了作曲用的电钢琴，每天晚上回酒店时就写曲，终于让他琢磨出了江南这个曲子。

我听了特别有感觉，心想着那白蚁巢被摧毁的画面，严肃地发表了一篇“这曲子应该要填上写尽江南女子温柔的歌词”的发言。台下反应是有点诡异，这老板感觉像穿越过来的人士。

后来广对公司签约作词家邀稿的动作虽然做出，但来稿泛泛，却听见制作人不怀好意的声音飘来，“林老师，这词还是你亲自出马比较靠谱！”

然后我就穿越回去我十八岁的那个年代。

想象着我还未娶妻，想象着鲜衣怒马满面春风的我，想象着春雨绵绵、圈圈涟漪的西湖，想象着三生石上面彼此印下的拇指印……

说实话，收拾好我的口水后，我写了又黏又湿的江南，结果，大家竟然喜欢！

《江南》之后语

江南很江南。

也许因为我是南方人，也许因为我根本就是从江南那一带穿越而来。

我外表很爽朗，可我内心很纠结，我纠结的是，我碰过许多很爽朗的人，但后来我发现，他们其实也很纠结。这真的不是坏事，我纠结的是，我爽朗过后我怎么去完成我在爽朗之下做出的承诺。

我脸皮很薄，面对人们的邀稿我很难拒绝，所以经常独坐灯下，为那些我在白天做出的承诺抓头皮。而每次我做到了以后，我都跟自己说，别再爽朗了，但一回头都会忘记，搞得老婆很毛。可是，她一爽朗起来根本就抓不住，搞得我也很毛！

台湾很湿，很江南。

所以我没去过江南之前就可以写江南，可是我想写的是中国人心中的江南，我写对了吗？我不知道，但是当我在讲座时跟人们说起“圈圈圆圆圈圈”其实是雨打在湖上的涟漪，我知道我写对了。

至少，我的江南是——“天天年年天天”！

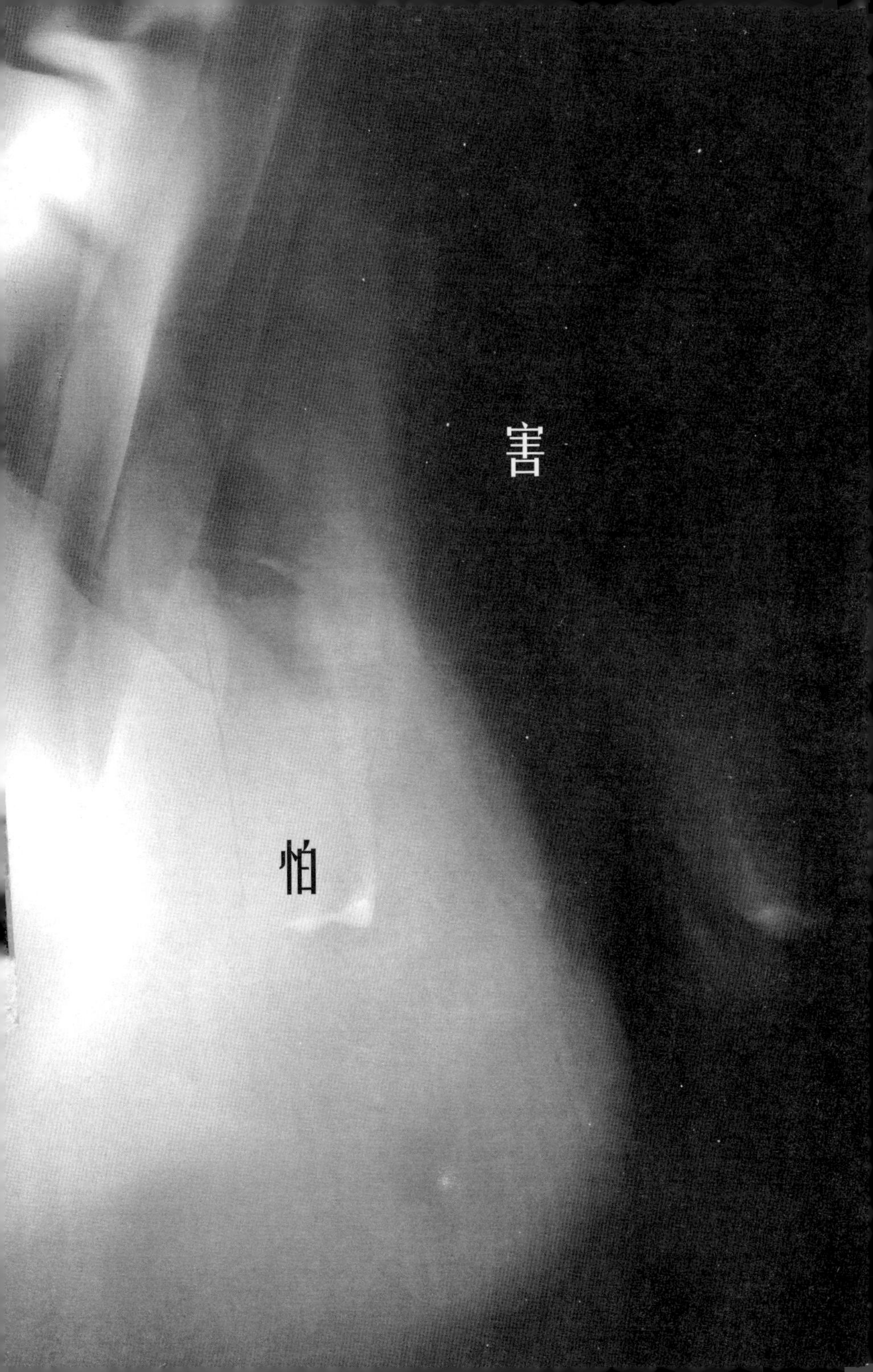
害
怕

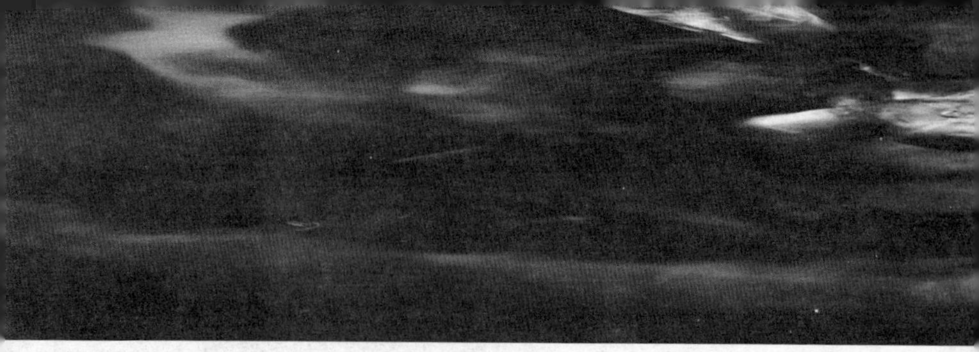

这网里不只是有你　这网里我也撑着　拼了命地守着

我的爱　是说停不能停　已经浓得不能说是曾经
也可说成我是错的　还未曾变成真的
也没谈到多少你需要的爱
我不再　去执着我是谁　或是我在夜里掉的眼泪
也可说我看不开的　为你我能做的
竟还没让你相信是爱情　左右你我

我的爱　是说停不能停　已经浓得不能说是曾经
也可说成我是错的　还未曾变成真的
也没谈到多少你需要的爱
我不再　去执着我是谁　或是我在夜里掉的眼泪
也可说我看不开的　为你我能做的
竟还没让你相信是爱情　左右你我　左右你我

害怕

作词：李瑞洵（林秋离）
作曲：林俊杰
主唱：林俊杰

我突然觉得有点怕　爱跟生活的一切
你以为我知道怎么拆开　我们的想法和落差

我的爱　是说停不能停　已经浓得不能说是曾经
也可说成我是错的　还未曾变成真的
也没谈到多少你需要的爱
我不再　去执着我是谁　或是我在夜里掉的眼泪
也可说我看不开的　为你我能做的
竟还没让你相信是爱情　左右你我
而哭泣都是因为爱　别逼自己不掉泪

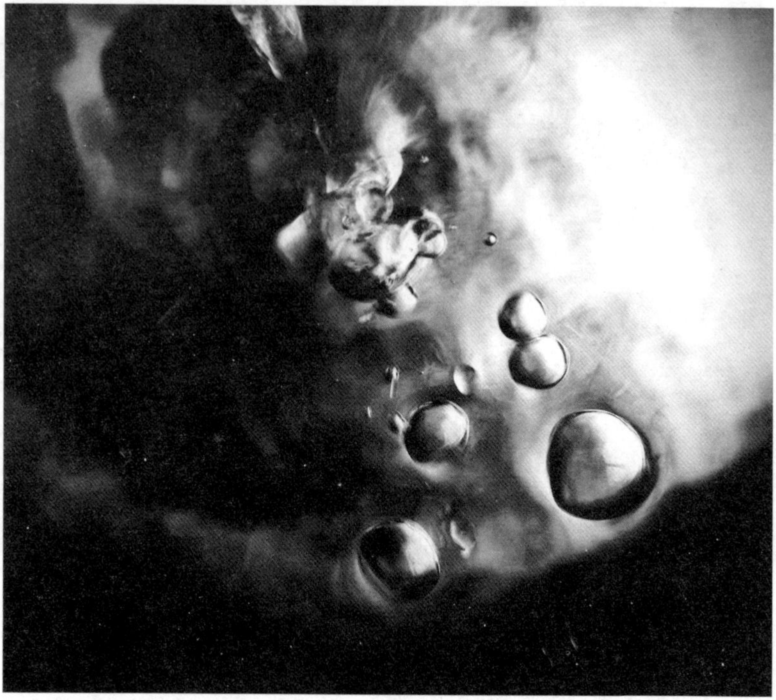

在情感的世界里，“害怕”是一种伴随着幸福而来的感受，只是热恋中的人们一屁股坐上去，把这情绪压得扁扁的，不让它露出丝毫痕迹，只有在午夜独处时，才会挪开屁股来看看它消失了没有。

只不过我发现，正因为我们把它压在身体下，于是，屁话说得越多的人就越害怕。

随着谎言，“害怕”逐渐在长大。

我生命中的感情世界一向是单调而且无趣，但是自从来到了台北，我登时就像不小心误触了某个电源开关一般，刹那间，五光十色的霓虹灯猛地亮了起来。

各种情爱，各种纠缠，各种绚烂交织过来，南腔北调的说法，东洋西方的碰撞，真真假假的诱惑，虚虚实实的分手，我在错乱之余，只好把自己圈进“作家”的虚拟世界，惊魂未定地观察着外界这一切，然后写进歌里面。

我的害怕不是来自于我可能会受到的伤害，我的害怕是根源于这些人为什么啥都不怕，前仆后继地踩进感情世界，受伤后还来不及痊愈就又挺起胸膛扑上去!

曾经齐秦唱:“痛并快乐着”，但我评估我自己，大概两下子就煎熟了。

所以我是一个快乐的逃兵，躲藏在熊美玲挖出来的壕沟，一边听着隆隆炮响，一边咬着笔杆写着各类情歌，没有哀愁，只要有版税抽!

我知道对当时的俊杰来说，《害怕》这首歌太过于沉重。但我别无选择，我想他也应该成熟起来，唯一我对不起他的是，我还没告知他，我就填了这首词。

当时的娱乐媒体还没从我们做阿杜跟俊杰这两个不同典型的歌手中，清楚地分辨开来。一般我们给外界的印象是，阿杜成熟而俊杰稚嫩，但是我们自己却知道，阿杜是没心没肺的自我单纯，而俊杰为了创作，却是苦心焦虑的少年老成。所以我从不为他担心，所以我大胆地写了《害怕》。

那到底我在怕什么？正是一切尽其美好所以我们害怕，我名字里面的“离”字，就是这一切的根源。

怕分手，怕失去，怕欺骗，怕难以取舍，怕被人取舍，怕不知道

怎么死的，更怕知道什么时候要死。

那干吗要爱，自找苦吃？

这可别问我，我回答不了，我只是一个写歌的，如果我写痛了你的心，如果我写出了你的情，那都是偶然，货一出门，概不退还！

有时候我比你们还要痛恨我自己，写完《害怕》的当下，我对我自己的一厢情愿羞愧不已，因为心里面浓浓的感情，而在字里行间大言不惭地挥洒着男人所谓的挚爱！所以在这张专辑里，我把这首歌摆到最后，甚至我又再一次用上笔名，真真是无颜啊！

《害怕》这歌其实俊杰是词曲同时完成，只是它原始的歌词是英文，我喜欢这个曲子，我在听到的当下，直接用我擅长的某种技巧写完，如果你找到原版的英文词，你会发现，中文词的每一句的唱音几乎都跟英文一样，我常说，歌词不是用来看的，它是用来唱的，如果你多唱我的歌，你就能明白!

《害怕》之后语

我的小腿迎面骨上头有很多伤疤，有打棒球时受的伤，有突然长高后不习惯视野的变化磕碰来的伤，因此伤痕累累。

每一次受伤当然都很痛，尤其是在那个部位！

但我老是很快就忘记，于是就循环地受伤……

看武侠小说时，有这么一种说法，挨揍挨多了，自然就学会了武功。感觉上是有一些道理，前提是别让人给打死了。

很显然的，我这一辈子大概跟武功无缘，总是学不会防守，能活到现在也算是一种奇迹。

想来能当个作家倒是很好的选择，坐在家里写写东西的“坐家”，绝对没有危险，另一个前提是，先把老婆招呼好了，我就安全了，不再害怕！

全世界
只想你来爱我

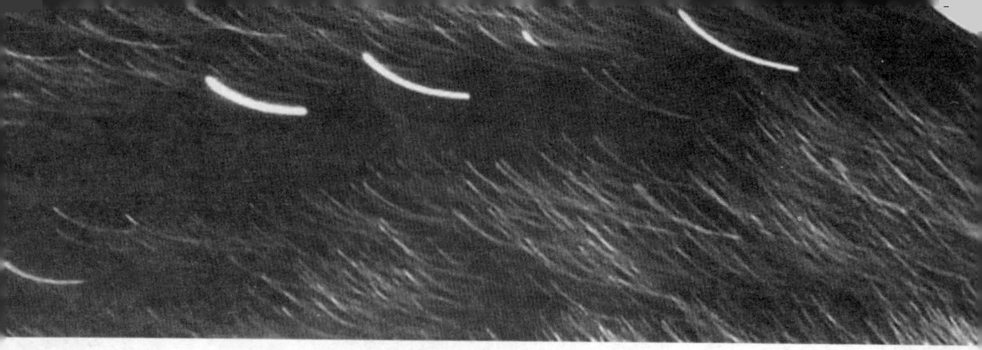

我的感觉从来不会骗我
可是这一次它陪我犯错

全世界我只想你来爱我
我把心情谈的那样赤裸
谁能证明什么事能够天长地久
我也不想要你承认爱过

你爱我　是真的
不要那样说　我会在梦里哭得很久
会伤害我

谁能证明什么事能够天长地久
我也不想要你承认爱过

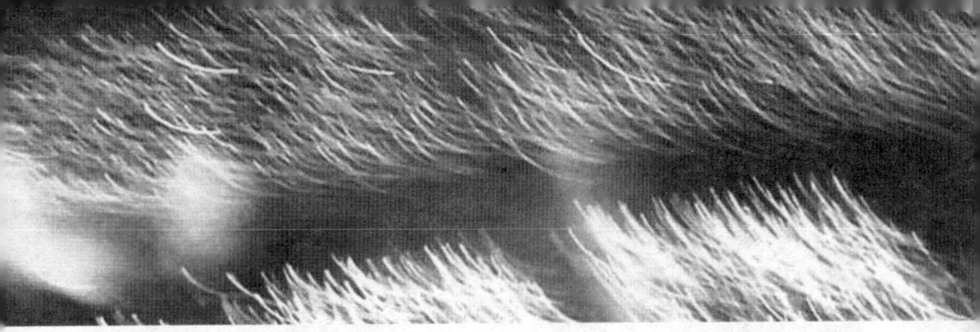

全世界只想你来爱我

作词：林秋离
作曲：叶良俊
编曲：Tony Leung
主唱：张国荣

我情愿裸着我一双手
让它在长夜里渐渐冷透
反正它在许多时候　都一无所有

我会将头发长长的留
把往事一束全都垂在脑后
反正它是无论如何　都缠住心头

全世界我只想你来爱我
除了你之外的人都听说

有些歌我们也许会忘记（譬如我记不得自己曾经写过的），有些人我们会永远记得的，譬如张国荣。

坦白说我跟他不熟，事实上我跟很多我帮他或她写过歌的歌手都不熟。

因为，我怕跟他们太熟，太了解对方就没了空间跟距离来想象。

没了想象就没能帮他们营造出一种梦幻，就像电影里的男女主角一般，通常演员演得都不是他们自己，设想一下，如果某个演员坚持只演真实的自己这种角色，那他主演一部片子就演完了，因为他的真实人生就这么一款，所以才会有这么一种说法，“一片明星一片歌手啦”的这种。

我对张国荣没有多么了解，但是我对自己写歌的本事倒是很清楚。

当时他绝对是天王级的明星，而我在国语流行歌坛上也还算混得开啦，时间是 1999 年，我被邀稿写他的新专辑的新歌。

大多时候我常嘲讽自己是个卖面的，客人说：“来一碗面！”我吆喝一声，来咧！歌词乖乖奉上。客人说了：“面太咸了！”我应声道，来人啊，加一点水！就这样，卖面卖了三十年，不，写歌写了三十年。但是，我还是头一次帮哥哥写歌！

紧张吗？没有，荣幸吗？也没有。

慢条斯理地把面端上，噢不，把词填上！

“全世界只想你来爱我”，口气很大，要求很小，没要所有人，只要你一个。

写完，自以为是地欣赏了老半天。

嗯嗯，给天王做事就要先有天王的架势，不耐烦地喊了一句：“老婆！晚饭呢？”然后？然后就没有了然后！

忍不住想起（如果我是真的）里面的情节，我的脸换成张国荣，那时候老婆一定会千娇百媚地依偎在我怀里，腻声腻气地说：“老公，饿了吗？”

好了，幻想到此为止，现实扑面而来，当我拿掉脸上的抹布，只见老婆恶狠狠地顶上来一张脸说：“稿费什么时候领？家里都快没米了！”

没隔多久，听闻张国荣跳楼自杀，我一下子百感交集，讷讷无法言语，我是跟他不熟，但是这阻绝不了我跟他的缘分，到底我曾经帮他写过歌，我无法想象他在那一刻时的心境，我更无法想象我们写出一些梦幻的外衣里，演唱者的真实面目。

我扪心自问，这世间是否一切美好？我回答不了。我以为的普世价值在这一刻轰然崩解，我自问我心，我心深处回答说："把儿子养好，把老婆顾好。"

我豁然开朗，原来，人各有路途，鸡有鸡路，马有马路。我们在人世间因为偶然而交错在一起，惜缘啊惜缘，谁知道不经意划下的这一道彩虹，竟然也是人世间的一种唯美。

无论如何，我今天写下的这一篇感言，也算是对哥哥张国荣的一番惦念，全世界只想你来爱我，多么委曲求全的一句话啊。

我路过我知道，我傻过我知道，我爱过我知道，你不知道的我全都知道。

我走了，那些你不知道的，只好靠你自己了。

《全世界只想你来爱我》之后语

有人说，得不到的永远是最好的。

这句话本身就有问题，通常“最”这个字眼是相对性质的，要看拿什么跟什么比，可若是拿人跟人来比，那真的就是傻比了。人各有优缺点，这是老常识，所以只有合适的，没有最好的，关键是想要知道哪个人比较合适，就必须得相处，而且还不能是一天两天，即便这样，问题又来了，人会变啊，我不变他变，他都变了，那还合适吗？

难不成我也要跟着变？又要往哪里变？想到都头晕，因此，以万变应不变。我写这首《全世界只想你来爱我》打的就是这种主意，你若不变，你若真爱我，你自然会懂我为何而变，因为我之所以变就是为了配合你啊！

你懂不懂，懂不懂，懂不懂？！

我无所谓

当感情是唯一解不开的结
而人爱听谁伤了谁
我愿是风中　飘然轻落的叶

我无所谓　我伤过心　掉过泪
我只在乎爱本无罪　何苦要陷入重围
当世界被感情蒙上一层灰　而我
宁愿是最后的落叶

我无所谓

作词：林秋离
作曲：涂惠源
编曲：涂惠源
主唱：张惠妹

天天都有落叶　特别是今夜
当沙沙的风吹　每一片叶　掉一滴泪
夜夜有人心碎　他们相信谁
当爱被解了约　作何感觉
莫非无忧也无悔　依旧痴痴收藏落叶
傻的心　傻到哭也流不出泪
我无所谓　我冷若冰　淡若水
我不为梦留一点空　侵掠我紧闭心扉

一般人总认为作家都有些怪癖。

我自认为没有，老是跟朋友争辩这个问题，辩到后来朋友说："你这么爱辩，就是怪癖！"我气死了，我不过是在争论一种事实，不是在斗嘴，为什么你们老是在说我爱辩？

说到这里，突然很想念大师陈志远，他才是爱抬杠。记得那一年，他们签了新人张惠妹，找我跟美玲去看她现场表演，那是东区的一家餐厅，一晚上只见阿妹在台上又唱又蹦的，很显然跟当时传统的双手紧握麦克风，从头到尾站在舞台上定点唱歌的歌手不太一样。

陈老问我观感如何？我回说："我听到了钱的声音。"他竟然点头称是。

早期，为了摄影棚里的录制方便，一般来说，电视导播不太喜欢表演的歌手在台上动作太大，因为动不动就出镜。意思就是，你唱着唱着，摄影机对着你的脸做特写，突然你一步横跨，于是镜头就找不到你了，然后导播喊“咔”，下来骂人。所以为了省事，再加上当时的资源不足，一直以来擅长做脸部表情的玉女歌手比较吃香（录影方便，真情流露），但是阿妹这款现场歌手，不在此列。

看电视不用花钱，这是最普遍的娱乐方式。可是当整个社会富裕起来的时候，人们不再满足只是窝在家里看电视，人们想和身边的人一起 High，小小的荧屏框框已经不能满足或者是说不能娱乐大众（所以现在名嘴当红，因为他们坐着不动，只靠一张嘴，导播很好抓镜头，录起来轻松）。

像阿妹这种在台上蹦蹦跳跳的歌手，需要好几部摄影机抓镜头，

当世界被感情蒙上一层灰

而我宁愿

是最后的落叶

搞得导演在控制室里手忙脚乱地切换画面的年代来了。人们也愿意花钱买票到演唱会现场看表演，动作型的歌手逐渐当道，我们写情歌的面临失业。

当然，一张专辑里总是需要几首好听的慢歌，再怎么热腾腾闹哄哄的摇滚乐团专辑，还是会有那么一首超好听的慢歌，也因为名额少，所以写情歌擅长的作者们竞争更加激烈。

而我呢，就是那种懒到不行，能坐着绝不站着，能躺着绝不坐着的，以至连填完词以后，歌名都懒得想的那种！

那次，阿妹所属的唱片公司的制小助（“制作小助理”的简称）给我打电话：“喂，林老师，公司想找您帮阿妹写歌词。”我：“嗯嗯，那就寄曲子来我听听”（牛逼哄哄的）。

填完词后我寄回去。没几天制小助来电话了：“林老师，您没有写歌名，请问歌名叫什么啊？”我呢，想半天想不出来只好回说：“就公司决定吧，反正《听海》、《剪爱》都是公司上层拍板，我无所谓啦。”

结果后来专辑出版的时候，这首歌名就叫《我无所谓》！

其实，阿妹的这首歌，我是真下功夫写的，我想表现的是现代女子的豁达。往往人们说男子汉大丈夫要拿得起放得下，感觉上好像女孩子们就拿不起放不下吼！

其实女生们绝大部分是说放就放，顶多是在女孩圈内唠叨一段时间，而男生们反而不好说出口，老是憋在心头（我想着，我是这款的）。

人们喜欢听八卦，追隐私，说闲话，但我想表达的是，当分手的时候到来，当落叶的季节来临，为什么不顺应情势，自然而然地放手，既然不能相濡以沫，倒不如相忘于江湖。

说实话，这首歌并不是阿妹历年专辑里很耀眼的作品，但是我在钱柜却老爱点来唱，每次惹得朋友笑说，林秋离又在拼版税了！

《我无所谓》之后语

我认识的植物很少，可能是从小在都市长大，所有的树叶在我看来都差不多，充其量也只有大小片或者深浅绿之分罢了。

事实上每次我被命令去买菜时，可真是煎熬！老婆要我买些包心菜，我站在菜贩摊子前来回磨蹭，终于等到身边的女士们走远了，我才敢弱弱地问老板："这包心菜来一把。"

老板面无表情地说："那是高丽菜！"

我赶紧指着另一坨绿绿的叶子说："那这种包心菜来一些吧！"

老板瞪着我不耐烦地说："那是空心菜！"

我心想，还好这次只是差一个字："那包心菜你随便帮我抓一把好了。"

老板直接转头招呼别人了，嘴里还念念有词，口气很不好地说："包心菜卖完了，还有，那是一棵一棵卖的，没有卖一把的！"

结果我狼狈地买了一包绝对不是包心菜的菜，走在回家路上，痛心疾首地问路边的树叶，为啥你们长得都差不多呢？！

太阳出来了

只恨不能邀请天下所有断肠人来喝一杯
啊　只能够一个人躲起来偷偷地自己醉
朋友认为我的感情就像弹在碗里的烟灰
某个人经过时　它就是飞起来又让我流泪
而我有点像是忘了关掉的路灯一样
太阳早已出来了我还傻傻地亮
我不是故意要这样　只是我无法避开身在
慌忙人群中　心灵撞来撞去后的创伤
我不是愿意要这样　当爱被放在我的手中
怎么能知道这一次又会不会再受伤

太阳出来了

作词：林秋离
作曲：熊美玲
编曲：吴大卫
主唱：蔡琴

有些时候竟然没有心情听完一首抒情歌

嗯　是不是感情的隔夜饭　爱放得太多
平凡人间尽是多情种子　这样不是很可怕
你若想换口味　就会被批评是负心的人哪
早晨的枕头边　总留下昨夜的心酸泪
每一封离别的信都有了心碎了的血腥味
太依赖感觉　就难免后悔

一般来说，我跟美玲都不太写大牌的歌，可能是我们一开始写红的都是新人，从范怡文到张清芳到芝麻龙眼到南方二重唱到阿杜……

因为我总有一种感觉，写大牌的歌写红了，人家说他很能唱所以唱红了，那万一这首歌没红呢，人家就会说这首歌烂，所以不好听。

开玩笑，我那时恨不得每首歌都大卖，我还要带美玲去吃牛排呢！

所以，我们不写大牌，只写新人。

嘿嘿，写新人写红了，人家说这首歌好，那万一不红呢？人们说他唱得烂！

因为雨果的干爹太缠人了，所以我们接下了蔡琴的案子。在我来看，蔡琴绝对是个大牌。我从小听她的歌长大的，我结婚时的男傧相是梁弘志，他帮蔡琴写过歌——《掐死你的温柔》[①]。

所以我接到蔡琴专辑邀稿的当下，我打了电话给梁弘志，他依旧

① 《掐死你的温柔》：原歌名为《恰似你的温柔》，此处作者故意改写。

是不冷不热地回答我："想写什么就写什么，她是歌手，你是作家！"喔喔，我原话转给美玲，一副得道高僧的样子！

美玲狐疑地看了我老半天，转头写歌去了。

问题来了，可能是第一次写心目中的大牌，美玲写的曲子第一个乐句竟然是十七个字！

我因为认识熊美玲以后才变成作词家，而且，她说："我要先有曲再有词！"我当然没意见，老婆怎么说我怎么做，直到后来我才发现这是至理名言。

歌词歌词，人们老是问我，先有曲再有词，还是先写词再谱曲，这种鸡生蛋还是蛋生鸡的问题实在是很弱智。

神话故事看多了，才会想象出一颗蛋来生出一只鸡。歌词当然是先有歌再有词，要不然叫词歌？

古时候的《诗经》人们说诗歌、诗歌，但那是局限在某种格式下的作品，“关关雎鸠，在河之洲”。也就是说，人家早有一个曲子了，后来人就填呗！

好了，我面对第一句就一口气整整十七个字的曲子，头痛得要死，再想到蔡琴，更想死了！

于是我开始想蔡琴，这不是找死，这是专业。

我想：“这样的一种都会女子，她们都是怎样地过日子？”于是，我脑海里各种遐思就冒出来了。

女人，尤其是很自信的女人，往往都认为男人是需要女人的，尤其是夜幕低垂时。

于是有这么一个女人，她不痴不倦地守着她的男人，心想终究能守出一片蓝天，或是守出一个明天。她学着路灯，在夜色茫茫之中，始终痴痴地亮着，甚至亮到天明！但是，谁在大白天去留意路灯啊？于是就悲剧了。

我想着这么一种女人，我想着她的心是敏感的，我想着她一直在找寻那个值得她亮一整天的男人，我想着她是那种谁一不小心露出关心她，而她就认定人家是喜欢她的一种蠢女人。然后，这首歌的标题是：“太阳出来了！”

很讽刺吧，终于等到太阳出来了，才等出答案来。

很认真地填完这首曲子，尤其是第一句：

有些时候竟然没有心情听完一首抒情歌

搞死我了，我接着填：

啊！是不是感情的隔夜饭爱放得太多

这时候停不下来了，我文思泉涌地填上一个寂寞又渴望感情的女人的心事，一直到最后我填完：

当爱被放在我手中，
怎么能知道这一次又会不会再受伤？

然后我哭了……当我泪眼婆娑地把词拿给美玲唱DEMO的时候，她说：“不要老是开着灯睡觉，记得关灯！”

于是我哭得更凶了。

《太阳出来了》之后语

我们都有自己想守候的人，尽管他不知道，又或者他知道却已习以为常。但无论知道不知道，守候还是要守候，有人说这是命。

但我觉得这是一种存在。

我们因为某人的需要而存在，即使他不觉得有这需要，但是“存在”这件事情已经跟他需不需要没有一点关系了，我们就是要存在。

我们爱，我们不爱。

我们伤，我们也伤人。

我们痛，我们也痛别人的痛。

这一切我们都要参与，这一切我们都要在。

不然，我们是什么？

路过的风？

流掉的雨？

消失的月？

遗忘的记忆？

好高兴太阳出来了，于是，我们又有影子了，如果太阳是大家的，那影子就完全是自己的，谁都拿不走。

所以我们想要守候某个人，即使只是影子，是他的，谁都拿不走。

天黑

爱在眼前无声崩溃　摔成粉碎

我闭上眼睛就是天黑
一种撕裂的感觉
嘴里泛着血腥滋味
多么伤的离别

我承认我最害怕天黑
梦被掏空的错觉
我已不再是你的谁
想到就（都）会心碎

天黑

作词：林秋离
作曲：洪典
主唱：阿杜

风若停了云要怎么飞
你若走了我要怎么睡
心若破了你要怎么赔
莫非你只是贪玩的蝴蝶

天都黑了你在想着谁
情都灭了我要怎么追
话都说了你又怎么退
原来你只会让我掉眼泪
整个世界突然一起天黑

阿珠是圈内一个朋友的助理。

刚认识的时候我给过她名片，所以她有我的电话号码。

有一天，我正在办公室里胡思乱想着阿杜新专辑的方向时，电话响了，我一接起，却只听见对方传来一阵哭到稀里哗啦的女人声音，我心想，打错了吧？

因为，她一直哭着，我喂了半天也不理我，当下准备挂掉。

这时她说话了："林……林老师，不好意思，我是阿珠啦！"说完又哭了起来……

我这时又蒙了，阿珠，哪个阿珠？我认识的阿珠起码一百个！不会是诈骗电话吧，正要痛斥对方的时候，只听她歇了一歇，喘着接着说："我是献哥的助理阿珠啦！"说完她又哭了起来。

我心里一个咯噔，坏了！莫非是献哥怎么了？还来不及问，她又说："不好意思，我正在开车，我先停到路边……"

我又听迷糊了，你开车发生事故应该要找献哥，找我干吗？我又不管交通。她终于平缓了下来，比较正常地跟我说道："林老师，我刚刚在听您的歌……就是您帮阿杜写的那首《天黑》！"

这时候才轮到我出声，我喉咙都不顺畅了，说："嗯嗯，噢阿珠啊，那是我公司新人哪，请多指教啊！你是怎么了，怎么哭成这样？"

她话说从头，原来是个把月前，她跟男朋友分手，她以为可以hold住，但其实她并没有自己想象中的能撑。她刚刚拿到我公司给的阿杜专辑，顺手在开车回家时播放了《天黑》这首歌，这下，坏了！她马上整个人就崩溃！完全无法自已！第一时间翻出我的号码拨给我，也并不知道要跟我说什么，就只是想要拨给我……

我自然是多加劝慰，她不好意思地挂完电话后，我忍不住“耶”了一声，这张专辑红定了！

一九九八年我恢复了自由之身，第一时间就回到广州开了一家公司叫大潮，至于为什么叫作大潮呢？只因为我决定的那一天黄历上是写着“大潮”！

一贯维持我不收拾善后的习性，大潮搞了一年多，原意是想培养一些大陆的词曲作家，把他们的作品引进台湾，让他们也可以获得版权的保障，可是终究不成功。可是我太理想化，或许当时的大环境也不适合，总之，我跑得太快了。

痛定思痛，我虽然很肯定大陆将迎来前所未有的荣景，但我手上没有拳头商品，势必无法在大陆占有一席之地，所以我把视线转向新加坡与马来西亚。

天黑
阿杜 2002

当时的台湾，流行音乐恰恰走到某种瓶颈，由于老一辈的音乐风格已经格式化，因此新马一带的喜欢玩现代西洋音乐的音乐家们，拿出来的作品颇有新意，于是我决定到新马取经。

我入股了海蝶这家制作公司，因为我决定在台湾开唱片公司自己搞发行，其实目标隐约是针对大陆市场！

而海蝶里藏龙卧虎的有一些能人。我在海蝶寻寻觅觅，寻找心目中的拳头商品，直到有一天……我刚走进新加坡公司，却听到一阵争执的声音，似乎是在争辩着某个曲子的优劣。

我一出现，马上就有人说："林老师，你听听看这曲子好不好？"我还没搞清楚状况，就被拉进录音室听歌。

听完一遍我立马有感觉，当下做决定，给我手提音响，公司太吵了，我回饭店写歌！

好嘛，我拎着音响回到饭店后，发现……竟然没有电源插座！找了半天，在厕所里找到刮胡刀的充电插座，可是电线又不够长，于是我只好把马桶盖合上，坐在浴室地板就着马桶盖当桌子写歌。这也是后来人们传说《天黑》这首歌是在蹲马桶时写出来的缘起。

我审视完自己刚写的《天黑》，心里幻想着："我闭上眼睛就是天黑！"这样的撕裂感应该要由怎样的声音唱出来才对味?

冥冥中注定，我才回到公司，制作部的同事就带了一个人来对我说："老师，刚好杜成义今天来公司，我想让他试试？"我不置可否，只是皱着眉头说："杜成义？这名字太绕口，叫他阿杜吧！"

《天黑》之后语

年轻时的老婆很怕黄昏。

我始终不懂，黄昏有什么好怕的？为此，她甚至跟我翻了几次脸。后来我才明白：“黄昏过后就是天黑！”乍听起来像是废话，但是那种恐惧却是无比真实。

山，因为天黑而望不见，海，因为天黑而只能听。

天一黑，所有的美好就只能停在想象里。

老婆是一个心灵很清澈的女人，我干了任何龌龊的事情都会怕她知道，于是我还蛮喜欢天黑，眼不见为净嘛。

可是人老了以后，天亮就变得重要了，感觉自己是活着的，所以后来我选择了跟老婆一起唾弃天黑。

只是，儿子们都已离家求学的现在，天一黑，老婆就深情款款地看着我，我便纠结了。

开灯、关灯、天亮、天黑，还让不让人活了啊！

离别

而你流尽泪水
天空不停地闪着雷
照不亮我心中
黑黑黑黑的一切
希望都早已经破灭
我和你　要离别　离别

就走破这双鞋
我陪你走一夜
直到心不再滴血
而你流尽泪水
天空不停地闪着雷
照不亮我心中
黑黑黑黑黑　黑

离别

作词：林秋离
作曲：熊美玲
编曲：梁定江
主唱：阿杜

深情吻住了你的嘴
却无能停止你的流泪
这一刻我的心和你一起碎
大雨下疯了的长夜
沉睡的人们毫无知觉
突然恨透这个世界　因为要离别
就走破这双鞋
我陪你走一夜
直到心不再滴血

常常有人打电话给我："喂！林小姐吗？"

我很无语地回答："林先生吧！"

但是对方不屈不挠地说："我找林秋离小姐。"

我就回答："我就是，是林秋离先生！"这时感受到对方的不好意思或者是不耐烦，我问说："你哪位？"然后就是无止无尽的推销介绍，实在烦不胜烦。

我并不嫌弃我的名字，我无言的是台湾人的理解方式，"秋"字固然很美，但"离"字也很男人啊！

那一年我们接下了一个制作案，有一个新人叫作熊威，很腼腆的大男生，还在读大学。说实话我们接触他的时候，还真有点暗暗忌妒那位老板的运气，多有潜力的新人啊！在羞涩的眼镜背后，是一对坚定而理性的眼神，他知道自己要的是什么。

他问我："林老师，您对我走进这行的建议是……"

我把之前跟游鸿明说过的话照搬一次（因为他们的潜质非常接近），我说："尽量尝试写歌，当个创作型艺人，生命比较长。"

我拿了一首我跟美玲写的《离别》给他唱，但没多久他当兵去了，退伍后转签了新东家，艺名也改了叫熊天平，所以这首歌就只能搁着，直到碰到阿杜。

实话说，《离别》不太适合熊天平，他的声线比较滑润，少了一些嘶吼般的粗糙颗粒，歌词里那种不顾一切的决裂情绪难以表现，于是我们转给阿杜试试。

阿杜怕坐飞机，当他从新加坡到台湾来报到的时候，听说他满岛上到处询问有没有船可以搭到台湾！我当然可以理解一个歌坛新人来到陌生他乡的紧张，也因此我安排了许多台湾同事和他们的当地朋友陪着阿杜熟悉台湾。

阿杜的个性很随和，没多久就跟同事们打成一片，不过，面对当老板的我，有时还是会绷得很紧，就在专辑录音全部结束的时候，我找他来谈话。

我一开始采用非常和颜悦色的态度问他："阿杜啊，专辑终于录完了吧，辛苦了！"

却见他坐在沙发上的双腿不自觉地在抖动着……他支支吾吾地不知道该说什么，我看着他抖动的腿，脑海里想起公司的女宣传同事曾经跟我抱怨说，阿杜在坐飞机时因为害怕所以老是抓着她的大腿，都抓淤青了！

我暗暗腹诽，换成我肯定也是要抓的……呸呸呸！我在想什么我。

当下调好情绪，换个表情，继续和颜悦色地问阿杜："那你觉得《离别》怎样？"只见他思索很久，抬起头来坦然对我说："离别不好。"

我登时乌云罩顶，脑袋里更有一群乌鸦飞过！再问："为什么《离别》不好？"

这下，他想更久了："离别太伤感了，我不喜欢离别。"

吼！我直接怒了，公司对他的定调是走沧桑漂泊的路线，难不成我还写那种热情奔放的歌给他唱啊！我伤心外加凡人不识货啊，勉强按捺情绪："好吧，多亏这首歌是美玲姐指定要你唱的，唉，可惜啦！"

却见他依然没心没肺地羞涩回答："喔，林老师，原来你问的是这个啊，《离别》很好啊！"

我脸上却早已横七竖八画满了黑线了。

因为整张专辑的歌都很强，所以《离别》被放到曲目末尾，老婆有点小遗憾，却也没说什么。直到某天内地朋友专程来电，兴奋地跟我说，阿杜的《离别》绝对是专辑的三大亮点之一，甚至超过我写的

《天黑》。

老婆这才转怒为喜，可她马上发出最后通牒："老娘我现在决定专心带小孩，你自己看着办。"

《离别》之后语

一直觉得在现在通信这么方便的年代，“离”实在不算什么，儿子们人在国外，想妈妈的时候，随时可以视讯通话，附近的华人超市堆满了东方食品，想不出除了生病时的撒娇之外，还有什么“离愁”的情绪会产生的可能性。

但是“别”就很严重了，“别再见面了”、“别再来找我了”、“永别了”等等，“别”隐含了拒绝，同在这世间，但宁可不要见，最催人心肝的莫过于此。

同理，又“离”又“别”的，那就简直不让人活了！

这整首歌写的是一个“痛”字，当然，痛有许多种，但是彼此都明白，却又无奈的痛，直接就痛到灵魂深处去了。那种会让人哀号几天，然后一辈子不再提及的伤心，是无声，可又浓得化不开！

CHAPTER

第二章

每次你若爱过谁
就剪短了头发到耳垂
消瘦脸庞眼眶黑
我看了都会心碎

听 海

听　海哭的声音
叹息着谁又被伤了心
却还不清醒
一定不是我　至少我很冷静
可是泪水　就连泪水也都不相信
听　海哭的声音
这片海未免也太多情
悲泣到天明
写封信给我
就当最后约定
说你在离开我的时候
是怎样的心情

听海

作词：林秋离
作曲：涂惠源
编曲：涂惠源
主唱：张惠妹

写信告诉我　今天海是什么颜色
夜夜陪着你的海　心情又如何
灰色是不想说　蓝色是忧郁
而漂泊的你　狂浪的心　停在哪里

写信告诉我　今夜你想要梦什么
梦里外的我是否　都让你无从选择
我揪着一颗心　整夜都闭不了眼睛
为何你明明动了情　却又不靠近

我很习惯耍赖。当然，我耍的赖通常都是很容易拆穿的那种。当命运想玩你，你就不得不趴下来乖乖让它玩。

我最常耍的赖是：写完词，不下歌名。

唱片公司永远是最邪恶的巫师，对你邀稿时好话说尽，而你含辛茹苦地把孩子生下，他们立马翻脸不认："这小孩怎么丑成这样？"当场退稿！

于是我也学会了不帮小孩冠父姓，反正你们要付钱我才交割，所以，就有以下的对话——

唱片公司制作小助理（以下缩写为"唱小助"）："老师！这首歌叫什么名字啊？"

我："咳咳！哎呀，就都忘了下歌名！你们公司制作人看过了吗？"

唱小助："老师们觉得不错啊！您想用什么歌名？"

我弱弱地再问："那老板看过了吗？"

唱小助说："还没呢，老师们说先定好歌名再报上去！"

我当场怒了，写首歌攒你那几分钱，还要我苦思歌名？恶言对唱小助说："要用不用随便，歌名自己定！我写了一整晚，我累了！"

隔天，唱小助又来电："老……老……老师！老板说，副歌第一句（听～海哭的声音），觉得不错，歌名就叫'听海'好……好……好吗？"

我（内心窃笑）："听海？听起来不错，公司要付款了吗？"

唱小助："已经请款了，老师明天来领支票。"

当下，我找回那张纸（歌词），美美地重新看了一遍，新台币啊新台币！但是歌词又是怎么写出来的呢？

我邪恶地回到记忆之中……不，我回到邪恶的记忆之中……

对一个已婚男人来说，最邪恶的事情就是"出轨"。但是对一个邪恶的已婚男人来说，最邪恶的事情是"假装出轨"。

老婆的哥哥（也是名作曲家）不知怎的，迷上了夜里的中坜小酒

吧，可能是觉得自己形单势弱，千方百计地鼓吹我，那小酒吧的妹①如何如何，我乍听之下颇为心动。

于是义正辞严地跟老婆说："咳咳，二哥约我出去喝酒，我担心他老一个人在外头喝，就陪他去一下下就好！"老婆不疑有他，还宽心地叮咛别太晚回家云云。

当下我宛如龙归大海，虎回深林！那酒吧不吵，因为生意不好，可是妹很正，我不禁疑惑地问："是客人有问题，还是妹有问题？"

二哥回说："这里的音乐都是西洋老歌，年轻人不喜欢。"嗯嗯，于是我马上有了结论，会在这里待得下去工作的妹一定都很有内涵。当场我就爱上这小酒吧，纵然二哥不来，我也要来。

常客是需要长久经营的。我用了最典型的方式，常常来并且待得久久的，所以没几礼拜我就跟那些妹混熟了。

终于有一晚，我努力地撑到午夜三点她们下班时，装作不经意地问："好饿，谁陪我去吃清粥小菜啊！"直接四个妹都意愿很高，我开着车，搭上四个正妹，夜黑风高，正好作案！

把四个妹喂饱了以后，我貌似随意地问："你们看过海上的日出吗？"四颗美女头一起摇晃。

"那我们去看日出好吗？"四颗美女头一起叩首！

于是我当仁不让地把她们载到了海边，只是，桃园的海滩是面对西方，也就是说，太阳是从我们的屁股方向升上来的。不管啦！反正这些妹看到海就已经 high 到不行。

---

① 妹：台湾对年轻女孩的通俗称法。

我等她们疯够了以后，正经地坐在堤防上，深沉地问了一个问题："你们跟男朋友分手时，都想着一些什么？"

第一个说："我想找人砍了他！"

我摇摇头，太血腥了！

第二个说："我烧了他的衣服！"

我摇摇头，太公害了！

第三个说："我哭着求他，可是他走了！"

我又摇头又叹气，太脆弱了！

第四个说："我想问他，离开我的时候是怎样的心情？"

我，哇咧……这个屌！当下把她们纷纷送回，悲情的我瞪着一双血红的眼，回到家写了《听海》这么一首歌。

《听海》之后语

阿妹第一次大陆巡回个人演唱会时，我刚好人在广州。她打了电话给我，声音很激动，背景很嘈杂，她说："老师，我在北京工人体育馆，刚刚唱完《听海》下来换装，您知道吗？我唱《听海》的时候，全场数万人一起跟着我唱，我眼泪都流出来了，老师，谢谢您！"

拿着手机，我突然觉得眼眶也热热的，于是我决定等候在广州，参与她的广州站表演。

结果台风来袭！听说华航飞机在香港机场降落时都翻肚子了，可是阿妹决定照常演出。

现场只见背景布幕都被风吹翻过去，甚至一度停电，麦克风都没声音了，但是我听到了我的《听海》！

我站在舞台上的阴影处，脸上有雨水也有泪水。

心太急

真的假的　爱原来就委屈

只可惜　我和你
心太急
急着缱绻在一起　彼此却不留空隙
啊　心太急
急着证明难分离　才在无法重来后
让爱都溶成雨

认真到一种绝对的执迷
就像活在云端里
爱需要勇气　更需要距离
他们说得真　我在梦里陷太深　清晨守到黄昏

心太急

作词：林秋离
作曲：熊美玲
编曲：屠颖
主唱：蔡琴

贴近到一种呼吸的距离
却迷蒙了窗玻璃
朦胧真以为窗外的是你
今夜雾太沉　我被思念缠住身
才会幻梦成真

横竖一场雨　飘进两三滴
无悲无喜
冷对闲言闲语
人想骗自己　怎样都可以

无可讳言的，我少年时候也暗恋过一些女孩子。

但是，也收到不少张好人卡，而我的确是好人。好到人家叫我帮忙做什么我就帮忙做什么，后来才知道这样子的男孩子很没劲，难怪女孩子们不喜欢。

其实我自己也反省了很久，在镜子前面摆出各种酷酷的样子，甚至是很阴险很毒辣的那种，但是我参考的资料来源都是一些电视剧，你知道那年代的表演方式还脱离不开舞台剧场的形态，也就是说，演员的表情都很夸张。所以我常常被镜子里自己的脸搞到哭笑不得，所以我选择沉默！

沉默的意思就是面无表情，但我一旦面无表情的结果就是，脸带杀气。

于是女孩子们离我更远了，看她们一个个脸上写着：这家伙手上一定有数十条人命！

我手上有没有人命我自己当然知道，但我却因此而认命了，终究我没女人缘。

后来，我只身北上，每天忙着养活自己，偶然在街头瞥见极品美女，也只是漠然掉头，心想这跟我是不同世界的人，我还是过我的草根日子吧。

一直到我开始写歌。别会错意，我开始写歌时，还是处男，我想把我的第一次给……不知道是谁的谁。

后来，我趁着美玲情感低潮的时候，义不容辞地主动献上我的第一次，还恐吓她说你要负责云云，单纯的她在惊吓过度之余，就接受了我。

然后我就顺理成章地搬到了她那里，胸膛拍了漫天响，从今以后我养她。

事实上我在那时候才初尝恋爱滋味。

常常有人对我说，你一定谈过很多次恋爱，才会写出那么多情歌。说这话的人表情很认真，听这话的我表情莫测高深。

然后就有无数敬佩的眼神丢了过来，偶尔还夹着几个挑逗的，但我都不为所动，嘿嘿，我女人可是才女！

你们知道什么叫作才女吗？

人家一首曲子二十来分钟就完成了，我填上词以后，拿出去马上大堆人抢，新台币哗啦啦雪片般飞来，财女啊财女，我每天舌头上哄着，手心里捧着，心头中护着。

当然，这些念头蔡琴和她的制作人绝对不会知道，所以他们又来邀稿了。

那时候我已经写了不少给她唱的歌，我有点词穷。

可是当美玲拿了曲子过来的时候，我当下回到了那年我刚初识她，然后我怎么一面守着她，一面抓耳挠腮地花各种心思哄她开心，只因为我……心太急！

我急着让她认可我，我急着证明我是可靠的男人，我急着在她生命中抢占一个永恒的位子，我急着……跟她在一起。

于是，我写了《心太急》。

人们说，热食烫了冷舌头，感情的事情尤其是。

相爱的双方彼此都想剖出心来赠予对方，殊不知心是最敏感的，一点点沙砾都会硌得人心痛，更不要说是锥心之言。

爱得深，说出来的也真实得深，同时也伤人得深，谁都没有错，错的只是心太急。

我一边写着一边感叹着人世间的离奇遭遇，我这么一个草根人物，流落到台北以后，七翻八撞地走上写歌这条路，感受着周围那些才子佳人各种的传奇故事，闭门造车地幻想着爱情典故，谁知道我琢磨得越深越久，随着我写出来的歌竟然让人家以为我是情场老手，其实旁观者清。

身在爱恋中的人们竟然没发现，每一场爱恋其实都是大同小异，任凭你是情场老手，一旦动情了，仍然会痛，而且更痛！于是我这个情场初哥，一路高歌挺进笑到最后（也可说成哭到最后），依然是四肢完好，血压正常，儿子出国，老婆煮饭！

只是人老了，心也就不急了，每天掰脚趾头过日子，再回头去听这首歌，很想说一句，热嘴吃不了冷豆腐，最好是俩人一块儿升温，水到渠成，该干吗就干吗，瞧瞧人家老夫妻，吵了一辈子，依旧是儿孙满堂笑不合口！

《心太急》之后语

人怕急，人不能急。

可是年轻时的我们怕慢，这一辈子漫长到望不见尽头。

读书的时候盼着暑假伸脖子，当兵的时候数着馒头过日子，结婚了以后天天想着老婆的肚子……总之，快快慢慢地也到了 2014 年，小时候没想过自己可以活这么久，更离谱的是那么多人知道我，感觉很赤裸。

刚学会打高尔夫球的时候，一挥杆就抬起头来想看看球飞到哪儿去了，结果球都在地上滚着。

创业的时候每天想着公司大了以后要如何如何，结果员工的薪水压得我不知道到底是谁在帮谁打工。

急着要完成所有心愿的我，一路磕磕碰碰地走来，有些失落有些获得，我是不是自己想象中的那个人？

我不知道！但是我知道我不急了，日子就过着，事情就拖着……没啦，书还得写着呢！

你爱谁

苦恋的人们都想醉
一触痛了心就唉唉唉唉
输了爱情失去一切
却不知道输给谁

苦恋的人们都无悔
一沾上了爱就唉唉唉唉
就算充满了苦与悲
也不会告诉谁

你爱谁

作词：林秋离
作曲：伍思凯
编曲：伍思凯
主唱：伍思凯

每次你在想着谁　就解下了头发任风吹
沉默脸上淌着泪　连哭了都没感觉
我想知道他是谁　可是问到嘴边就后悔
在这温柔的长夜　何必让你流泪

每次你若爱过谁　就剪短了头发到耳垂
消瘦脸庞眼眶黑　我看了都会心碎
从不问你他是谁　就怕泄露心事不自觉
在这温柔的长夜　让你发现我流泪

我是一个心思极端敏感的人，可是我又天性乐观，在别人眼中看来，我好像是没心没肺的那种男生，可能是因为少小就离家，本能地会掩饰自己，偏偏我又很讲义气，于是常常有人喜欢跟我说心事。

他们（尤其是女生）通常很信任我，我猜想这跟我的长相很有关系，平平凡凡的脸，温温柔柔的个性，善解人意的心灵（突然一阵鸡皮起伏），所以女生们就滔滔不绝起来。

可能是写歌的职业本能唆使，我在听对方叙述时是 3D 立体地听，也就是说，在听进耳朵的同时，不仅仅是内容马上转换成文字，我的脑海里也同时呈现影像，甚至是动画。就是类似 MV 或者电影般的画面。

所以我一般比较喜欢跟人面对面地谈话，因为我可以观察到他的肢体语言，那样有助于我对整体的理解。

而女人们的肢体语言往往更丰富，所以我在歌里面描绘女人心思就显得细腻，也因此一开始写歌时，大家都以为我是女的，连寄到唱片公司的情书都写着：林秋离小姐收。

女孩子天生对喜欢自己的人都有一种直觉方面的神准，即便她并不同步喜欢对方，但这不妨碍她们去亲近他，因为这样很安全。

在一个你知道喜欢着你的男生面前，你可以倒干净心里的一切负面情绪，而从他不舍的眼神当中，找回一些对自己的信心，然后再回到自己喜欢的男人身边，继续为爱情抗争。

可是男生们呢？常常有人说男人是靠下半身思考的动物，这话说得对极了，说这话的人一定是生物学家！

在荷尔蒙还没大量分泌时，男孩是百分百的动物（几年前我家那两个还未满十岁的小鬼，是我观察的好对象），当男孩们在转型到男人们以后，眼中的女小鬼突然在一夜间就变成女小人，噢不，小女人！

因为大量荷尔蒙的关系，男生的嗓子低沉了，随着嗓子低沉，性子也静下来了，可是年少时表露于外在的躁动，却收敛到皮层底下转化成内心的躁动。尤其在遇见自己舍不得转开视线的女孩子以后。

朋友们说这叫“沦陷”，父母们说这叫“盲目”，老师们说这叫“早

恋”，自己说这叫……我不知道。

那年，我拿到小伍（伍思凯）这首曲子，虽然唱片公司丢过来的讯息是写有关男人的友情之类的主题，但是我听完曲子以后，我忍不住想写一些在我们年少时的心理状态，当然在写这首歌时已经不年少，可是写完这歌时，只觉得自己还很年少。

《你爱谁》之后语

世界上最无趣的，就是跟歌手们去卡拉OK，尤其是跟阿杜在一起！

因为我之前写的歌大都是女生唱的，所以KEY总是不合，唱起来很难受。而别人写的歌，我又不熟，也唱不了，因此我翻来覆去的就那几首歌可以拿出来见人，譬如这首《你爱谁》。

偏偏阿杜听了几次我唱这首歌，后竟然兴致勃勃地学了去，而且最不要脸的是，老是在我唱到副歌正声嘶力竭的时候，拿起麦克风说："老师，这一段我来！"

于是我就整场消音，把自己灌醉，回家洗洗睡！

我很爱唱这首歌，我也只能唱这首歌，被人家一脚从神坛上踹下来的感觉真的超不爽，后来我恐吓阿杜："我还写了有几百首，你学学其他的歌去，别老跟我抢。"结果他说："老师，你的歌就这首我觉得最好听。"

真真气死我了！

剪 爱

把爱　剪碎了随风吹向大海
有许多事　让泪水洗过更明白

天真如我　张开双手以为撑得住未来
而谁担保爱永远不会染上尘埃

把爱　剪碎了随风吹向大海
越伤得深　越明白爱要放得开
是我不该　怎么我会眷着你眷成依赖
让浓情在转眼间变成了伤害

我剪不碎旧日的动人情怀
你看不出来　我的无奈

剪爱

作词：林秋离
作曲：涂惠源
编曲：涂惠源
主唱：张惠妹

人变了心　言而无信
人断了情　无谓伤心
我一直聆听　我闭上眼睛
不敢　看你的表情

满天流星　无穷无尽
我的眼泪　擦不干净
所以绝口不提　所以暗自反省
终于　挣脱了爱情

写《剪爱》的时候，是我生命中最纠结的低潮时刻。外在大环境的种种因素，让一向乐观自在的我，终于也看到所谓的人生阴暗面。

我喜欢任性的自由，当然是以不妨碍他人为原则，因此我的生活是随遇而安的形态，可是我被限制住了，于是我很压抑，我变得沉默而且远离人群，我不灰色但我蓝色（详情可参考《听海》歌词），老婆对此无能为力，所以她放任我买车！

我订了好多本汽车杂志，全神投入汽车的研究当中，老婆对此已经习以为常，以至于我每天混在汽车经销店里，搞得来买车的客人都把我当作销售业务员。

有一次我甚至亲手成交了一部车子，一直到交车的时候，那客人还是一口咬定我是卖车给他的业务员，坚持要我到现场交车给他，他才放心。

我承认我的气质不像林秋离，但我的身份证上写的明明是林秋离！

我常说，我只有在午夜写东西的时候才像林秋离，但一天中其他的时间里我是谁呢?

我自己也不知道，我可以蹲在汽车修理场的老师傅脚边上递零件给他，也可以出现在槟榔摊里跟朋友喝老米酒，我有在加油站上班的朋友，也有开大卡车每天来回南北送菜的哥们，他还开玩笑地说，哪天他们这些人不送菜，台北人就都没菜吃了!

老婆对我的交友广阔没啥皮条，干脆就融入吧，于是我身边就常常出现一个干黑手的，一边抓着头，一边伸出手来握着熊美玲的手，腼腆地说:“秋嫂好!”

这个时候我觉得我是个凡人，很平凡很平凡的那种，我跟我的朋友们什么都谈就是不谈创作。

你什么时候听过一个摆了二十几年面摊的人，在闲聊的时候还一直在谈着怎么下面?

直到他们要我写张惠妹。那时候的阿妹是新人，我也不知道要怎

么定调她。头痛之余，先把活儿抛在一边，出去找朋友们聊天，感受着他们以一种社会小人物的心态，直来直往，口无遮拦地说着各种爽与不爽的事，我突然也跟着爽了起来。

于是，一个活生生的女子就在我脑海里浮现出来，她不仅仅是敢爱敢恨，她甚至敢断敢剪！爱就爱他要死，恨就恨他不死！断就断得干脆，剪……就剪到破碎，一点残片都不留！

所以我咬牙切齿地写，写着写着，那脑海里的女子活过来了，她仿佛在跟我说："我们表露在外面的其实是一种自我保护，我们不轻易爱，我们更不轻易不爱。我们哭不一定是伤心，有时候更接近是自责，我们知道结果可能会不完美，但我们就是要试一试，因为，当我们真要爱的时候，我们可能就准备好了要当母亲。"

我一下子惊醒过来，男人看到女人只想到床，而女人想到的是婴儿床？太……跳跃了吧！

但我是这么想的，女人的勇敢往往不显于外，必要的时候她们卷起袖子，常常干出一些让男人瞠目结舌的事来。可是她们的内心又是容不了一颗沙粒的，一点点都不行！

所以我急匆匆地写下“张开双手以为撑得住未来，而谁担保爱永远不会染上尘埃”。是的，一点点都不行。

女人对爱情的洁癖简直无法根治，幸好我接到的任务是写一首歌而已，我无须去解决天底下所有女人的执着，但在写完这首歌的当下，隐隐约约地我直觉……这首歌应该会红吧？

《剪爱》之后语

每当我把写好的歌词上交到唱片公司手里之后，我就再也不看我写了什么，因为我很怕我又想去改它。

这并不奇怪，就像许多人热衷改名字一样，总觉得改了后命运会更好一些，我对待我的词也是如此，“改了后会不会更厉害一些”的念头始终一再地诱惑着我，于是我把《剪爱》剪了又剪，剪到很碎很碎，碎到我都不知道一开始我想写的是啥。

然后我悲哀地发现，我最原始的版本竟然是最好的，再然后我领悟到原来有些事情的一开始，在起心动念的时候，或许不是那么完美，但是相较于后来的修修补补，却显得那么自然而然，存在得有理。

所以我就不再去后悔我做过的事情，因为在做的当时，我一定是觉得理所当然。

既然这样，我何苦一而再再而三地推倒重建，烦人且误己。我终究剪不出爱情最真实的样貌，可是听众们会帮我完成，至少他们会补上我所不知道的。

我对爱的理解很破碎，但是无妨，拼拼凑凑又三年，更何况过了这么久，习惯也就成了自然。

苦酒的探戈

只有今日　无过去

① 此歌为台语歌曲，歌词为音译。

苦酒的探戈①

作词：林秋离
作曲：熊美玲
主唱：江蕙

探戈　欲跳甲直东时
酒苦　嘛着爱倒乎啶
有诚意　满满一杯饮落去
哪目屎汀　就当作无看见
天天醉甲半死　讲为着度时机
呒知为什么
夜夜假情假爱嘴笑目睭甜
愈活愈无趣味

啊　是什么
乎阮心情　渐渐麻痹

我爸是台南人，我妈是高雄人，偏偏我是在高雄出生的，于是我见到台南人通常都很熟络地说我也是台南人，然后见到高雄人呢？通常都直接拜把！

小时候老爸做生意，免不了应酬，灯红酒绿的场合不在话下，但我妈却丝毫无动于衷。貌似他们的感情不好？错了，老妈有老妈的绝招。

应酬可以，喝酒可以，条件是把儿子带上！

老妈的意思是想让那些酒店女子知难而退，但老爸看我一副健康宝宝模样而且慈眉善目的，二话不讲直接带上！

因为我可以增加我爸爸的男性魅力，试想，哪个女人不想生出我这款既有天赋又可爱的宝宝，所以我打从三岁开始就每天上酒家。

上酒家好啊！想想，才三岁就每天抱不同的女人！不，才三岁就每天被不同的女人抱。

爸爸喝酒，儿子喝奶，当然是牛奶！所以我习惯去风月场所，可是我从不及于乱，因为我是乖宝宝。

随着年纪越来越大，跟着阿姨们也变成姐姐们到后来变成妹妹们。于是，我每到风月场所就直接像回家一样的温暖。

我看她们笑，我听她们哭；她们会耍赖，她们会执着。她们会说故事哄我，她们也会邪恶地勾引我，但是我都当书在看，或许是从小跟她们这类人一起长大，所以我不怕。

当我开始写歌，我就一直很想帮这些从小一起长大的姊妹们写些

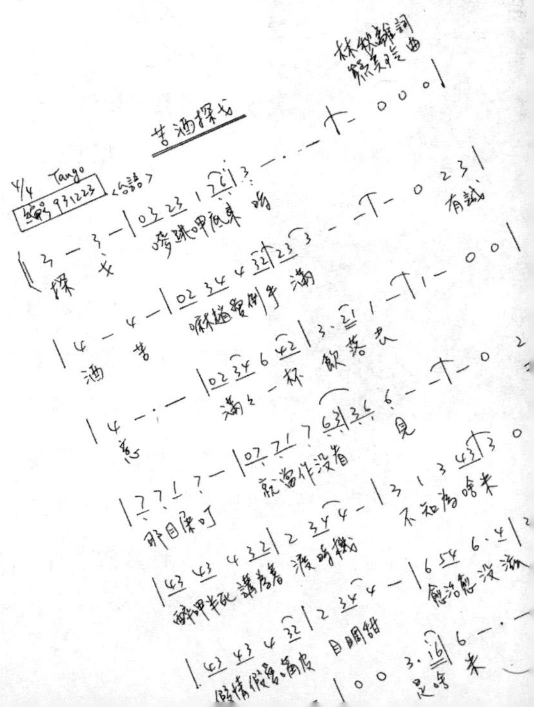

什么。我不认为人有天生卑下的理论存在，也因此人要自找活路的论点我始终支持，成名后自然有各种应酬场合应对，但我却像回到家一样地与她们相处，所以，我打算从她们身上寻找灵感！

我问了很多她们的故事，可是都平平凡凡，顶多是所遇非人啦，要不就是家道中落啦。吼！来点刺激的好吗？

后来有一个美到不行，气质好到不行的女人过来了，冷冷地问我："你想要什么？"

"我……我……我想要你的故事，我是一个写歌的！"

她呢，把两只长腿交叉，吐出一股长长的烟枪，半眯着眼问我："那你能给我什么？""我……我……我可以献身，我可以卖老婆跟附送儿子，你可以说说你的故事吗？"

她说了，你老婆太有名了，你儿子太小了，你太老了！好吧，帮我写一首歌，就这样。

当然，曲子还是要老婆来写，可是，老婆跟着我在应酬场合久了，也知道了我是怎么周旋在莺莺燕燕之中而坐怀不乱的，所以单纯的她红着眼眶说："要写，一定要写！"

问题来了，台语歌从古时候到现在，写男的都是漂泊的，写女的都是风尘的，那我们会不会又是炒冷饭的？！而且写国语跟写台语简直是两种国家的语言，必须要剖开脑袋瓜，分开出两种思路来写。

这时我说话了，台语歌由于传统的关系，对于对位的要求比较严谨，所以，（对子）这般的语气写法更加要强调，然后呢，对曲风我们倒是很一致，决定采用探戈曲风来演绎。

那时候，可能是我们写了不少江蕙的歌，卖座都还不错，所以唱片公司竟然采用了这首歌当主打。

我当然不肯放过，找一个风和日丽的夜晚，我摆出大款的形象，嘴角微翘，面带冷笑，一步三摇摆地踩进夜店，轻飘飘地说："把那谁谁谁叫过来听歌！"

先不管众人苍白的眼神，再不管服务员嘲讽的表情，只听见人们喊了："老板娘有人找！"

我当然不当一回事地镇定地播了这首歌，于是那晚，一个涕泗横流的女人跟我们夫妻俩分享了人生各种的酸甜苦辣与爱恨情仇！

《苦酒的探戈》之后语

女人最精彩的地方是她们是女人。

就像活在赤道附近的人花钱买票去看北极的北极熊跟南极的企鹅。

反过来说，男人嘛，就别买票看了，谁家的街角没有几只流浪狗？

当然，我在写这篇随笔的时候，老婆一直在我身边忙活着帮我整理房间，于是我的笔触一歪，直接就把女人给神化了！

女人的泪水是机关枪，一扫一片倒，任你怎么神勇往前冲，都只能趴倒。但是，这些年来我一直待在老婆的遮荫底下，倒是觉得凉风舒爽，骄阳可人。

我写女人因为我爱女人，我儿子们当然也同意，至少我们爱的都是同一个人。

宠物

他要我的一生扛着他的梦想
我不能倔强
因为我像宠物　又像礼物
我本来无一物

他开始倾诉
他如何把我含在嘴里细心保护
怕我累我哭
怕我等他一夜守在漆黑的归途
他声音恍惚
他终于说出我是怎样变成包袱
梦开始淡出
这一切逐渐模糊
可是我在梦醒时
好清楚

宠物

作词：林秋离
作曲：熊美玲
编曲：Jonathon Koh
主唱：李玟

梦是这样开始的
我发现我流着泪
在刮着风的午后
在朝南的窗口
我被拥抱着

他的胡渣刺刺的
他的唇在摸索
心在跳着
呼吸重得就像一座山　一种负担

因为我像宠物
又像礼物
我本来无一物

占有，实在是一种无解的欲望。

小到把隔壁家小明的玩具抢了过来，大到把一整个国家给灭了！能力无限大，欲望就无限大，秦始皇求长生，日本人求资源，花花公子求美女，极品美眉求曝光？呵呵，跑题了，拉回来。

男人女人有如阴阳两极，先天注定相生相克，谁能占有谁？是一场亘古打到今日的战争，无穷无尽外加没完没了。写到这里突然听见外头老婆一声咳嗽，正在 YY 胡思乱想的我，赶忙停住。

别人家我不知道，就我家呢，我老婆早就占有全部！儿子们回家第一句话通常是："妈妈呢？"连我家的猫在我跟老婆进门时，第一时间就绕过我，缠住我老婆。

作为被占领的一方，我也只能在作品里发泄，稍稍平衡一番，只不过找我们写歌的大都是女歌手，于是我们的作品长期处在阴盛阳衰的状态。

这天，李玟的公司来邀稿了，我立马决定报复！我想狠狠蹂躏歌中的女主角一次，先把她捧得高高的，再重重摔下。嘿嘿嘿嘿……结果被老婆退稿："写这什么乱七八糟的东西，词重填过。"我哭……

看动作片时，刀光剑影，血迹斑斑，老婆通常都躲进我怀里。转到看恐怖片时，鬼哭神嚎，阴风阵阵，我当然就躲进我老婆怀里！我们彼此互为宠物，几十年下来倒也其乐融融，但是，别人呢？

刹那间我脑海里浮现出一扇窗子……

午后的阳光暖暖地晒了进来，有一个女人正倚窗看向窗外，脸上没什么表情，淡淡的红晕里，有一丝似嘲讽的暗影掠过，眼神大体上

是平静的，只不过在流泪。是的，流泪。

无声无息地在眼角末梢凝出一颗泪珠，然后顺着脸颊蜿蜒流下，静静地滴落，一阵午后的风吹来，散开，无踪！

她的背后伸过来两只手拥着她，手臂上卷曲的粗毛看得出是男人的手，而她的修长白皙的颈部旁，抵着一块留着短须的下巴，正不停地用胡渣在摩挲着她的皮肤，以至于在阳光下赤裸的肩颈部位，很明显在抽搐着，一阵红白交替。

男人的呼吸很沉重，偶尔会吹起她的发丝，飘起又垂落，就像她的某些念头在心中，一下子涌起，一下子低落。

她的眉头微皱，动了一动肩膀，挪开一些距离，但没有拒绝这种拥抱，只是眼泪流得更汹涌了。

收起下巴的男人的唇过来了，很轻很轻地索要着她的颈，她的颌，直到碰触到她的泪，男人定住，整个人定住！怎么，哭了？

都说女人是天上掉下来的礼物，但有些时候更像宠物店买回来的宠物，礼物也好，宠物也罢，女人说我本来就不是物！听起来很像佛家语“本来无一物，何处惹尘埃”。

可是男人说了，有时候礼物也会变成是包袱。话题到此，无解！因为爱而成包袱，因为爱而有托付，占有是要付出代价，而当代价有如山一般沉重，是否能卸下？谈何容易。

写完李玟这首歌，心中百味交集。我用电影镜头的手法来开场，然后在末尾时画面淡出，可是我自己却回答不了我在歌里面呈现出来的问题，这种歌以后少写为妙，死了不少脑细胞之后，又被老婆逼问：“说，那男的是不是你！是不是？那个女的又是谁？是谁！”

天啊，这些都是虚拟的好不好，有木有啦！

《宠物》之后语

很久以前就决定放任儿子们对学习的选择，只是哥儿俩偏偏都选了出国读书！

于是我开始未雨绸缪。儿子们不在家，老婆肯定老把眼睛对着我，所以我买了两只刚出生的波斯猫回家。一来呢，我们怕吵；二来呢，我懒！养狗需要常常带出去遛，很显然这差事一定会落在我头上，养猫呢，就省事多了！大小解呢，一盆猫砂就搞定，而且猫身上没啥味道，不用老洗澡。

出门呢，两只自己玩耍，也不吵邻居，我为我的妙主意叫好！

果然，老婆爱死它们，有猫陪着，我耳根子也清净了不少。只是，没多久我就被赶出了她的房间，因为猫咪要腻着她睡觉，再然后，老婆弹吉他写歌时，猫咪要帮忙拨吉他弦，搞到她很久没写歌！

可是，看着老婆有宠物陪着，儿子们不在家的空旷也有了填补，心里一阵愉悦地想着："养猫真好！"

不要被爱情伤了

用力搓这一对手心　却搓不干净
从此我时常喃喃说个不停

耳朵里一直觉得有个声音
轻轻地　提醒我小心
不要被爱情伤了神经
可是我脖子变得逐渐僵硬
除了冷漠就没有别的表情
茫然看悲伤欢喜来去不定
满脸是　停不了的泪
因为我　被爱情伤了神经

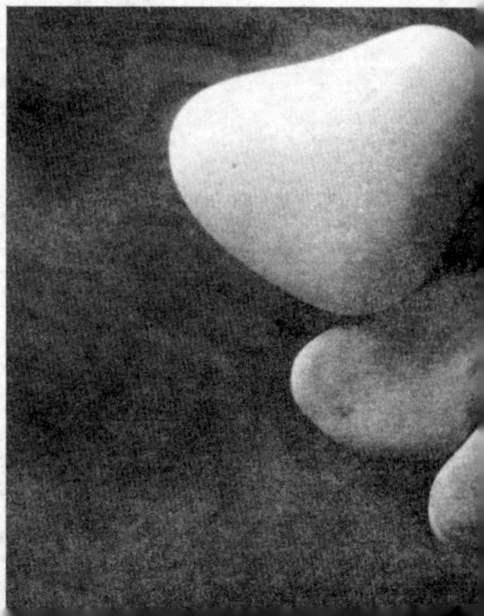

不要被爱情伤了

作词：林秋离
作曲：熊美玲
主唱：蓝心湄

我的房间永远就是多装一把锁
囚禁自己的念头
我踮着脚尖走过回声很长　很长的走廊
感觉生命绷得很紧　很紧
我有一双不停冒着冷汗的手心
怎么擦都　水淋淋
我硬着头皮伸手去握住　所谓的爱情
哄我开心　忽又变心
我跪在爱情离去的黎明

手汗会令人自卑吗？我觉得会。

尤其是在跟陌生人握手的时候，各种不自在，各种畏畏缩缩，眼睛不敢直视对方，只敢让对方握住四根手指头，轻轻一碰，便如触电般收回。

冬天戴着手套也就算了，夏天呢？每次看到贵妇名媛戴着白蕾丝绣花薄手套，我忍不住就浮想翩翩，八成有手汗？貌似很邪恶，但我不是围观看热闹的，因为我想侧写一首有关手汗的歌，因为……我没手汗。

但是我超怕手湿湿油油的，不知道为什么，我手一不干燥，全身都不自然。因此我从不下厨，只要手一湿，我必须马上擦干，否则就完全写不了歌，所以我对这主题非常感兴趣。

人的生理肯定会影响心理的，这一点我不需要问过医生。每次老婆突然不爽我的时候，我“都马”乖巧地主动收拾餐桌，甚至连带洗碗啦，晾衣服啦，这些会把双手搞得湿湿黏黏的活儿，我一声不吭地立即完成！心里告诉自己："本周是战备周，千万别挨上流弹。"

然后故作勤快地挡前扶后，低声下气地问她："那啥，蓝心湄的曲子写好了吧，昨晚我听到你在工作室哼着呢。"

她不发一语，转头从工作室里拿出一个卡带给我："呐，写吧！"

说是默契倒也没错，这曲子我一放来听，整个就是一种歇斯底里的风格，咦？我喜欢！正在想着怎么跟她研究一下，写写非常态的情歌，实在是主流派写腻了，老是"你分手后还想着我吗？其实我很想你耶！"这种的，有点烦。

我越想越兴奋，赶紧冲到她房间很雀跃地说："老婆，我决定要写一首神经病发作的女人的歌！"然后一只枕头就飞了过来！

在这首歌里，我笔下的女人非常……不知道该怎么说。

首先，她家里的每一道房门都不止一道锁，再来，她很怕自己的脚步的回音，老感觉后面有人跟着，于是三步一回头。她的手汗很严重，一紧张就满掌心湿漉漉的，擦干又湿，又擦又湿！

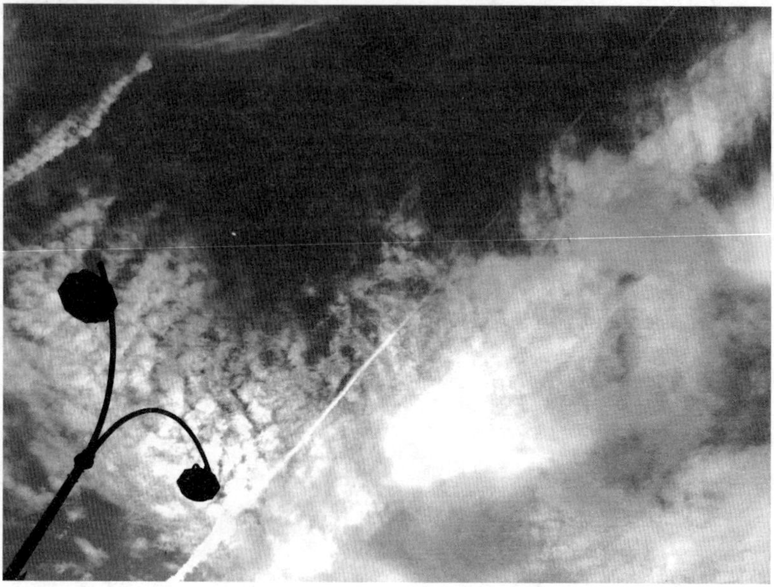

她是情感初姐，很渴望爱情，但是一直都不敢去接触，后来她硬着头皮上了，然后就慷慨阵亡了。

她迁怒到她自己的手汗，于是拼命搓着双手，直到搓出血来（这一段歌词里不敢写，怕被和谐了），从此以后她并发了许多症状，先是幻听，再来是喃喃自语，加上脊背肌肉僵硬，更严重的是颜面神经失调。

从此脸部肌肉无法控制，导致面无表情，终于，她只剩下流泪这个功能。

一直流泪，一直流泪，流泪地活着，活着地流泪，因为，她被爱情伤了神经。

完成后心里很沉，试唱了几遍觉得很想哭，之所以想哭有一半原因是担心这首歌被退稿。

但是我又很喜欢这种深刻描绘心理的写法，明知道唱片公司为了市场导向，太边缘或是太极端的作品不会很讨好。不管啦，硬着头皮交稿吧。

老婆唱 DEMO 的时候倒是没说什么，看起来应该是蛮喜欢的，结果交到唱片公司以后，竟然被采用了耶！

无论如何，蓝心湄硬是要得！

《不要被爱情伤了》之后语

凡事一旦做多了或是做久了，总会令人烦。长期以来我们一直被期待着写所谓的主打歌，也就是比较商业性的那种，可偏偏我们写得很腻，所以老是想法子变花样。但又不见得人人领情，因此只好东搞一下西搞一下，见缝插针吧，无非是想在普遍商业带头的氛围下，试着写一点不一样的切入角度罢了。

我总觉得歌手应该是活生生的人，不应该只是演唱我们写出来的词曲而已，每一首歌都是众人创作所成。词曲之后是编曲跟伴奏，再来是歌手的诠释，然后制作人混音完成，这才是完整一首歌。

试想，若电影演员拿到脚本只是照本宣科，那不是顶无趣，演戏演全套，那些一上台就高吼鬼叫的歌手，比较适合在演唱会上带动气氛，可是能在午夜里拨动我们心弦的歌手却会让我们记得一辈子。

而当然，我们写的歌也会被同样记得的，哈哈！

爱从昨夜就停了

是我猜错你的眼　以为我终于越过线
原来你只是想　结束

想　一想就开始模糊
那缺了你的天空　依然一动也不动
挣扎过　只剩无力的手
还拉着残余的回忆　你仅存的笑容

我们走得太远　还没能找到路之前
无缘　看的见　爱就在身边

爱从昨夜就停了　是谁放太少
爱从给的那天燃烧　你却都不满足
是我猜错你的眼　以为我终于越过线
原来你只是想　结束

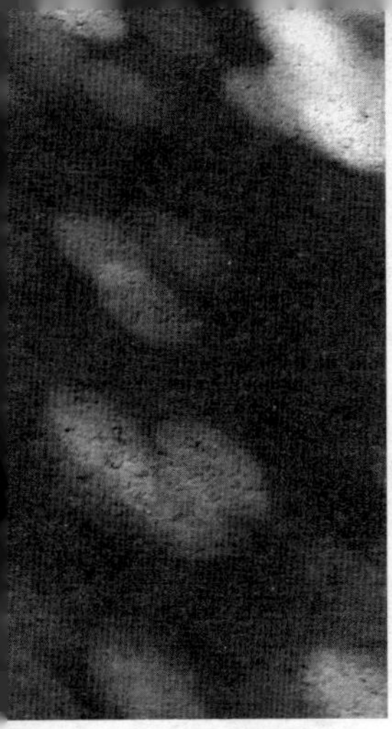

爱从昨夜就停了

作词：林秋离
作曲：黄大炜
编曲：黄大炜
主唱：黄大炜

我　躺在无风的黎明
那阳光透过纱窗　切碎我的面孔
放弃我　让我全力去放纵
别让我清醒中去懂　爱终究那么痛
我们走得太远　还没能找到路之前
无缘　看的见　爱就在身边
爱从昨夜就停了　是谁放太少
爱从给的那天燃烧　你却都不满足

夜店闹了好多新闻，要不就是某名人从夜店玩出来，聚众殴打计程车司机啦，要不就是谁跟谁又在夜店前拥吻啦，手牵手回谁的家啦，到后来连守在夜店门口专营捡尸体的行业都上了报纸头条！

乍看之下，夜店简直就是罪恶的渊薮，人间地狱的现行。但是，为什么要有夜店？为什么夜夜客满而人们非去不可？

一般人去超级市场都是买菜啦，柴米油盐什么的，但就有那么少到不能再少的人，纯粹是去逛逛的，譬如我老婆。

我抓头抓了很久，还是不能了解她的这种恶嗜好，我问了，她的回答颇理直气壮："我去看人啊！"

"喔，我理解了，你是去找灵感！"

"错！我就是纯粹逛逛，什么都不想！"

"喔喔，window shopping！"

"错错错！我关在家里写歌写闷了，纯粹出来看人。"

于是我只好住嘴。

突然，有一个词闪进我脑里，寂寞！对了，就是寂寞。

孤单一个人并不一定会寂寞，反过来说，全世界的人都陪在你身边，你还是会寂寞。

寂寞是一种难以根治的病，陪伴更是一种最昂贵的奢求，花钱都不一定能买得到。

我终于明白人们为什么要去夜店，夜店很热闹，夜店很缤纷，夜店会让人短暂地忘了寂寞。就像超级市场，多数人去夜店是想狂欢，想发泄。

可就有这么一些人纯粹是想找到让自己不寂寞的……东西？想想也对，要不，让这些寂寞的人怎么办？难不成要对公司同事说："你寂

寞吗？我寂寞耶！”又或者对牛肉面摊隔桌正在大口吞咽的女孩说：“你寂寞吗？我寂寞哈！”嘿嘿，下场肯定难看。

好吧，扯了这么多，结论是：夜店是寂寞人的最佳归宿！（还好出现了诚品，可以二选一。）

黄大炜找我写歌，我脑海里印象深刻的是他那首《你把我灌醉》，于是我跑去夜店看美眉，噢不，去找灵感，噢不不不，去逛逛！

一个人坐了一整晚，看见那桌在嬉闹，看见那桌在调情，看见那桌在吵架，看见那桌在……跑单？真的，借故喝多了要吐，一转眼就拦了计程车走了。难怪一整晚服务生都盯着我不放，连上厕所都要跟。

回到家，头昏昏的，整理出什么头绪了吗？也没有，找了黄大炜唱过的歌来听听，脑子里突然蹦出一句话：“爱从昨夜就停了！”

转头看向已经微亮的窗外，突然趴到桌前振笔直书，刷刷刷地写了这首歌，写完，却发现跟夜店一点关系都没有。

可是我怎么会有这么深的感触呢？原来，重点不是夜店，而是都市男女隐藏在内心的苦楚，但又无从抒发，按捺久了只能在夜店里一点点泄露出去，又唯恐被人识破，幸好这里灯光比较暗……吼！我在胡乱想些什么？

老婆一脸狐疑地看着我：“为什么你写歌可以写到流口水？”

《爱从昨夜就停了》之后语

一直很喜欢黄大炜。

他是可以交朋友的人。我们见面不多，也不能多，因为我们的属性不一样，可以交集的地方不多。

可这也是我能为他写歌的原因，事实上我跟大部分我写过歌的歌手们的交集都不多，原因同上。但是，我懂得欣赏他们。

就一个职业作词人的角度，我必须不是歌迷，而我好像也没迷过谁，但我听得出他们的想法，这很重要。

我可以不懂歌手的方方面面，我只要明白他们被接受被喜欢的那一面。反过来说，有些新人老说要把完全的自己呈现出来，我直接全身战栗！

你想想，男女在一起时都要掩饰些什么的，若是彼此全面坦承揭露，那也只能在婚后二三十年才敢做的吧？所以，我喜欢这种说法："为了你们，我把我最好的那一面呈现给你们。"

虽然还是有一点那个，总也好过这个。难不成当女人们一早蓬乱着头发，嘴里咬着牙刷，踢踏着拖鞋，不顾你的吃惊，大声宣布："爱，从昨夜就停了！"你才惊醒吗？

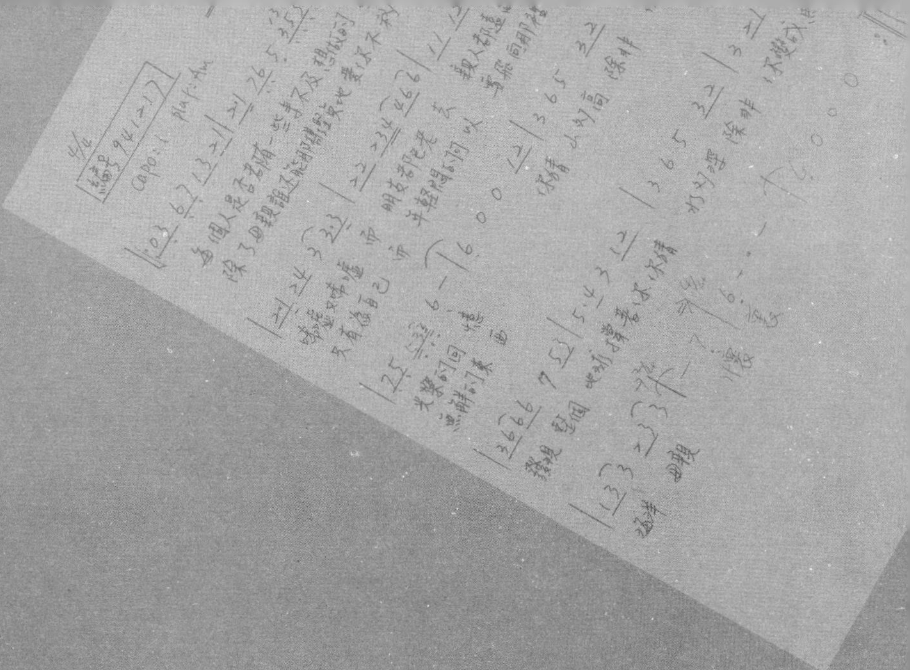

CHAPTER

第三章/

每个人

是否都有一些

来不及想做的事

是否

这一辈子

就唏嘘又唏嘘

曹　操

若是英雄　怎么能不懂寂寞
独自走下长坂坡　月光太温柔
曹操不啰嗦　一心要拿荆州

儿女情长被乱世左右　谁来煮酒
尔虞我诈是三国　说不清对与错
纷纷扰扰千百年以后　一切又从头

曹操

作词：林秋离
作曲：林俊杰
主唱：林俊杰

不是英雄　不读三国
若是英雄　怎么能不懂寂寞
独自走下长坂坡　月光太温柔
曹操不啰嗦　一心要拿荆州
用阴谋阳谋　明说暗夺的摸
东汉末年分三国　烽火连天不休
儿女情长被乱世左右　谁来煮酒
尔虞我诈是三国　说不清对与错
纷纷扰扰千百年以后　一切又从头
不是英雄　不读三国

用阴谋阳谋　明说暗夺的摸
东汉末年分三国　烽火连天不休
儿女情长被乱世左右　谁来煮酒
尔虞我诈是三国　说不清对与错
纷纷扰扰千百年以后　一切又从头
独自走下长坂坡　月光太温柔
曹操不啰嗦　一心要拿荆州
用阴谋阳谋　明说暗夺的摸
东汉末年分三国　烽火连天不休

我爸爸是那种完全受日本教育的人。当他小时候，台湾正被日本人统治，就一个殖民地的老百姓来说，宗主国是那种高高在上的存在，人们不自觉地被导引到主流文化里，所以男人是绝对的权威。

而小孩呢？惨了，不乖就挨揍，还不许哭！我被揍多了，自然就有各种鬼点子跑出来，譬如唆使隔壁邻居的小孩殴打住得更远的小孩，等等，我学会的第一个观点，正是男人的领域观。

后来长大后一个人在台北，求生真的不容易，远交近攻的，各种权谋用尽，无非就是争取来个一亩三分地，给自己有个立足之处。

坦白说，少年时的这些想法，现在看来真的是幼稚心态，可是家徒四壁，一贫如洗的我，面对龇牙咧嘴扑过来的命运，也只能举起瘦弱的臂膀，守护着双颊，偶尔出拳还手一下，更是经常鼻青眼肿败下阵来。

后来开始写歌，我终于从街头小鬼跃升到文艺青年，只是偶尔还是会跃跃欲试地想出拳干掉某个人！

写歌啊写歌！老婆是良善女子，温柔婉约之外还是温柔婉约，我耐着性子写那些深情之外后的无情，无情之外后的绝情，绝情之外后的滥情。

胸口里的恶魔一直没有喘气空间，终于有一天我爆发了。我认真地跟老婆说，我想出去开公司，我想去祸害某些人！老婆一副“你只要不祸害家里人就好”的表情，小心地点头答应了，我当场龙归大海，虎回深林，转头就瞄准了阿杜和林俊杰！

就这样，身为老板的我，意兴风发，睥睨天下，一道命令下来，

属下们战战兢兢大气不敢多喘一下地过来跟我禀告说："老师，最近公司营业成绩不尽理想，您要不要想想法子，再写一些什么好歌，要不粉（很）难撑呢。"

我一下子被打回原形，怎么啦？他们两个不都卖得很好啊？财务长瑞洵说："人无远虑，必有近忧。"我拍一下她的大腿说："善，我们来玩三国！"

要说玩歌手，阿杜绝对不好玩！他整个就是一个样儿，戳戳捏捏后还是那个样子，反而俊杰好玩多了，我一下子把他变成杀手，一下子把他变成机器人，所有线上游戏里的人物，我都可以搬过来让他耍一耍。

既然要玩三国，那肯定要玩最最亮眼的曹操。我问俊杰："你懂曹操吗？"他老实摇摇头："不懂！"我："不懂最好！你赶紧上网玩三国的线上游戏，曹操是古人，你就用现代的你玩他，想怎么玩就怎么玩！"

俊杰点头答应后没几天，拿了一首曲子过来开会，我一听就感觉到那种霸气，当场回家填了词，心想，唱片圈啊唱片圈，曹操都来了，你们怕不怕！怕不怕！有木有！

后来在俊杰的个人演唱会上，我看到他演出曹操这首曲目的扮相，只见他横眉竖眼，背后插着几根大旗，威风凛凛，颇有三太子出巡的架势。

转头问宣传总监："那旗子重不重啊，没事我也来耍耍！"只见总监从鼻子里哼出一道声音说："哎呀，每次彩排后，我们都要帮俊杰找按摩师来帮他处理腰部的瘀青，老师！您这把老骨头……就算了吧！"

《曹操》之后语

当我开始接触线上游戏时，心中隐隐感觉到，所谓的“平行世界”终于出现了！

人们在这里头可尽情地呈现第二人格，甚至更多的人格。在现实生活里，被压抑的、被规范的行为，在这里全部解套，也就是说，人们将拥有另一种人生，他平行于真实人生，但那是另一个他。

人们在这个“平行世界”里一样可以交易赚钱，结交朋友，谈情说爱，甚至经营某些行业。一些在现实里不得志的人，在这里可以换跑道竞争得以出人头地，一些在现实里不敢说的、做的，在这里没人知道你的真实身份，可以为所欲为。

这个世界根植于网络，而随着网络的不可逆转的趋势，这个虚拟世界会越来越真实，真到难辨真假，真到可以取代假。这些事正在发生，而我们大多数人都还没准备好，新的世界，新的地球，好还是不好呢？

当兵前的男朋友

不会知道你的心中泪在流

如果你也有　快要当兵的朋友
女孩子们不要让他爱太多
二十岁以前　心里总有许多愁
愁天愁地愁没女朋友
他有时无情又温柔　不小心又惹你难过
他对自己没有你了解的多

当兵之前　什么事都能承诺
一日不见　好几个秋
当兵之前　心情在崩溃的边缘
爱与现实之间　找不到任何平衡点
他总是握痛你的手　催促你的点头
不会知道你的心中泪在流

当兵前的男朋友

作词：林秋离
作曲：熊美玲
主唱：南方二重唱

二十岁以前　还有做梦的时间
男孩子们提到爱就说永远
激情的双眼　令人窒息的视线　深掠热会让你触电
心里总觉得不安全　仓促的爱容易改变
担心的事可能在明天出现

当兵之前　承诺几个二十年
一天不见　开始抱怨
当兵之前　心情在崩溃的边缘
爱与现实之间　找不到任何平衡点
他总是握痛你的手　催促你的点头

每次被问道:“您写了这么多歌,哪一首是您最满意的?”我通常都回答:“还没写出来呢,也许是下一个吧!”

听起来就很敷衍吼!这不能怪我,几百首歌,三十年的时光,我背都背不出全部的作品,但总是会有那么几首是我印像比较深刻的,比如南方二重唱《当兵前的男朋友》。

虽然俗话说,好汉不当兵,好铁不打钉。但是在台湾,当兵这件事却由不得我们,每次跟阿杜、俊杰聊起当兵,两人都一脸苦笑,因为新加坡比台湾更严格。

我自然是当过兵,只是我的服役生涯简直是七弯八拐波澜起伏!由于我入伍的时候抽中了三年的上上签,再加上一米八零的个头儿,很荣幸,我马上被划入到特殊对待的那一类。

可能是我的感情世界太贫瘠了,在新兵训练营里看到同班的菜鸟们抱着女友的分手信号啕大哭时,忍不住暗暗窃喜,幸好我没女朋友!

也许是我的表情让同样为情伤心的教官不满,我被操练到直接进医院,听起来好像很悲伤,可是你不知道,军医院简直就是天堂!

一般民间医院的护士通常都是些老资格,所谓老资格,嗯嗯,略过三百字……可军医院呢,直接就是各个护理学校的实习平台,也就是说,来院里实习的都是一些跟我们同样血气方刚,青春绽放的花样年龄护士美眉,你说这不是天堂这是哪里?

我就这样由地狱般的干部训练班,被救护车送进天堂般的军医院,还来不及脱掉臭烘烘的袜子,眼前就来了一个棕色头发的小护士,怯生生地对我说:“来,嘴巴张开。”还在迷乱中的我不仅仅把嘴巴张得大开,连口水都差点直接滴了下来。

量完口温后，她温柔地说："我叫 ×××，你有什么不舒服就来找我。"哇噻，我哪里有不舒服，我舒服得很，我好像恋爱了吧？

医生说我胃溃疡，需要静养，静养的意思是我暂时不能回部队出操，而我被这晴天霹雳般的消息炸得满心欢喜，所以我就心安理得地住了下来。

其实，医院里的日子实在是真无聊！（说这话时，我可以隔空感受到在军营中流着血汗的同袍的愤恨的眼神）每天起床都是一些惯常的服药啦，打针啦，例行公事，虽然实习妹子们的扎针技术实在是不怎样，但是看到她们充满着歉意与心疼的眼神，这点儿小痛小痒的自然不在话下。

没事还可以拉起袖子，曲起上胳臂，一边挨针，一边面不改色地跟隔床病友聊天，胆色直追当年的关云长。

既然很无聊，既然妹子们也很无聊，我打年轻时许下的作家梦也就复苏了。我买了一刀稿纸，每天趴在床头写东西，惹得小护士们好奇不已，一传十，十传百，后来整个医院的小护士都知道内科病房里来了一个文采风流的大帅哥！纷纷借故来探视，然后又挤在一边打情骂俏，我当然是纹风不动地继续创作。

于是，隔壁床的病号战友就有想法了。

那天下午，我被几个彪形大汉押到医院里偏僻的围墙边，我心想他们看我每天有小护士来探访，心里一定是羡慕忌妒恨，找我过来就是要教训我一顿，我也很硬气地抱着头说："打哪里都可以，就是别打肚子，我不想胃溃疡被打成胃穿孔！"谁知道这几个好汉们一脸谄媚，满脸通红外加低声下气地对我说："大哥，您可以帮我们写情书吗？"

我当场被雷得外焦里嫩！什么？情书？哈哈哈哈哈哈哈（以上不算字数），心里面那些打从十七岁一个人在台北街头送货杀出来的义气，油然而生。

没问题，你们要追哪个我就针对哪个写，不过说好了，到时你们一定要重新抄一遍，原稿还给我，这是唯一的条件。

结局大致上是美好的，在我的情书攻势下，撮合了几单良缘；不美好的是，这些兄弟们为了感谢我，竟然买通大门守卫，夜夜带我出去饮酒作乐，搞到我从内科病房转到外科病房，原因是：我胃穿孔了，需要开刀！

都说祸不单行，有一位字认得不多的老兄，抄不了情书就干脆把我的原稿直接寄了过去，偏偏那女生是我们病房的护士，而偏偏她也是负责帮我做手术前准备工作的（就是手术前要把我开刀部位周边的毛都剃掉的那种）。

在我全身麻醉生效后的最终影像是，一个咬牙切齿的小护士手拿剃刀，对着裸着下半身的我走来，然后，画面一片漆黑！

《当兵前的男朋友》之后语

我当兵的故事绝对足够写成一本书！

不仅仅是高潮迭起，峰回路转，还要加上奇幻迷离，人鬼痴爱，更还有同性异性，交缠错恋。光是看这些介绍，感觉这本书一定会大卖吼！

整体说来，当兵的岁月还真是影响我人生的一大阶段，我有了大把时间练习写作，我接触到各种阅历的人们和他们的故事，同时我也见识到了生死一瞬，人鬼殊途的哀伤，再加上青春少男少女们的各种奇思妙想跟缘分遇合，短短的一年三个月，我却记住了一辈子。

说来也是奇怪，隐隐约约地，我老是回头望着我一路走来的痕迹，还真的是精彩无比，当然，这只是我自己给予的措辞，肯定有些人的故事会比我更厉害，只是我觉得我这样就够了，我已经被整得全身伤痕累累，衷心祈祷此后一路平安，阿弥陀佛，哈利路亚，无量寿佛！

写给年轻

你猜山多高　除非你爬上去
这才发现　整个地球撑着你
你猜水多深　除非你变成鱼
回到海洋　母亲怀里

写给年轻

作词：林秋离
作曲：熊美玲
主唱：曾淑勤

每个人是否都有一些来不及
想做的事
是否这一辈子就唏嘘又唏嘘
而朋友都已老去　亲人都远离
再没有人　证明你光荣的回忆
除了母亲谁还能那样坚贞地
爱你不移
活下去本来就是只有为自己
而年轻闷得可以　要飞向哪里
爱情只是　越老越无解的东西

当人们把一些话语写在纸上，然后封进瓶子丢到海里，或者是把一些祝愿啦，梦想啦，同样封起来埋进某个地方，等候某天某人捡起瓶子，或是等到某天某人在他死后，去挖出他封起来的东西，他们想的或许都是，在茫茫人世间牵动或牵起一些缘分，当然更可能纯粹是恶作剧。

而我比较不一样的是，我写了一首歌给年老了的自己，而且歌名竟然叫《写给年轻》。

我年轻的时候，完全无法想象老了的我会是怎样，更成熟？更老成？（我年轻的时候看起来就很老了）当然更是无法预测我老了时候的心态。

直到前几个月，我在曾淑勤的演唱会上又听到这首歌，我立马回想起当时写这首歌时的动机，现年五十几岁的我跟年轻时候有什么不同？

可是当演唱会结束散场时，我眼神依然不自觉地飘向穿着短裙的妹子们，我愕然发现，我跟年轻时并没两样啊?

身高还是一米八，体重还是六十几，腰围还是三十整，酒量好了不少，头发白得更是有型，皱纹层层叠叠之后彼此掩盖，化数十条为一条。

脸部轮廓线条少了稚嫩时的锐利，添了些成熟后的亲和，说话前会在脑子里转一圈才出口，热血起来依旧三字经带头。

唯一差别的只是在塞车时，以前是动手的，转动方向盘左冲右突潇洒地绝尘而去，现在是动口的，打开车窗骂声连连：满街开车的都是傻逼！

年轻的我写了《写给年轻》给年纪大了的我去看年轻的时候的我，这一长串绕口令正是我写这首歌时的心境！

想到这里我忍不住怀疑起我当年在写这首歌的那一晚，是不是现在的我突然穿越回去当时，然后代笔写出来的？尤其是第一句“每个人是否都有一些来不及想做的事”。

说实话，我来不及想做的事可多了，譬如写书，譬如开餐厅，譬如环游世界，可是事情跟遭遇还有环境，种种奇遇和匪夷所思的环节，把我那些想做的事推挤到如今。

我想过很多东西在我活着的时候去完成，甚至我还发明了一些建筑类的新建材，但生命永远是均等的，我填不满每一时、每一刻，事实上我做的已经太多了，我写了几百首歌。

在当年唱片市场一片荣景的时候，曾淑勤平均二十几万张的销售量，与同公司旗下其他歌手的销售量相比，是不怎么起眼的。可是唱片公司老板桂姐有一次跟我谈起淑勤，她说：“我签的每一个歌手，我都希望能把他们的潜力完全发挥出来，这样我才对得起那张合约！”

这句话影响了我后来操盘海蝶和对阿杜跟俊杰的做法，俊杰出第一张专辑时不幸遇上SARS，公司赔了几千万，但我还是毅然决然地把阿杜专辑赚来的钱继续投入他的《江南》专辑，后来证明我是对的，我脑里始终有着桂姐的这番话。

我很喜欢听老婆自弹自唱这首歌，她常常自嘲自己的吉他弹得很烂。但我看着她此起彼落的指法，心中更加崇拜！

所以在写这本书的时候，我特别情商[1]她录一个DEMO版的《写给年轻》，而她竟然答应了，我口水马上流了下来，这下子我的书可能可以再多卖几万本了！

① 情商：以私人交情商请对方同意。

《写给年轻》之后语

自从我搭上那一年在高雄发出的最晚班北上平快车时，我的人生从此没有了以前。

没有同学，没有一起长大的邻居，也没有任何一只熟悉我味道的街头流浪犬。

一个人要跟自己的过去做切割应该是很难，但是我却很容易，因为那年我才十七岁。而且这世界上认识我的人也不多，所以平平淡淡的我来到台北，就像一滴平平淡淡的雨水落入大海，连荡起一圈涟漪都荡得不完整！

事实上那感觉就像你一出生就十七岁，只不过我那时的脑袋依旧是婴儿期，我怀着很稚嫩的心态来到台北，很稚嫩地求生，很稚嫩地写歌，很稚嫩地受各种伤。

偏偏又娶了一个比我还稚嫩的老婆，各种悲剧的因素通通齐备，偏偏我们又自以为是地过得很快乐，组了家庭写了歌，白了头发当起教授。

哎呀！写给年轻却写不回年轻，但是，这很重要吗？

手语

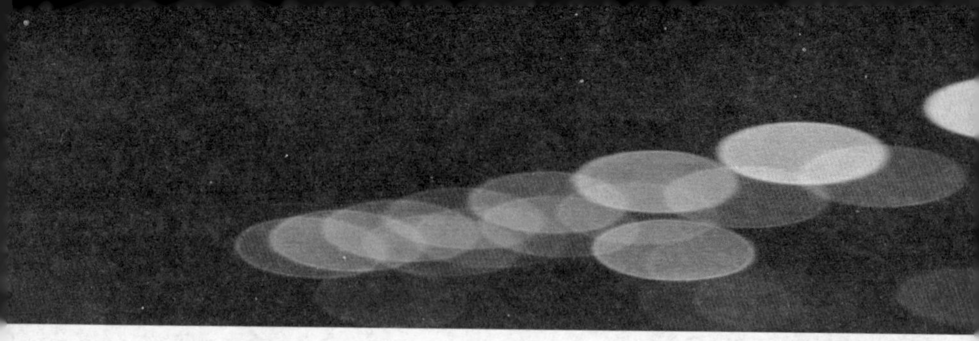

而窗外是　窗外是
淡淡三月的天气
你的悲伤却留在冬季

你还活在去年那场意外的回忆
至今依旧无法接受我无声叹息

要如何告诉你
早已原谅你
只是不能亲口说出我依然爱你
你不要哭泣好吗　不要再哭泣
我用双手紧紧拥抱你

手语

作词：林秋离
作曲：熊美玲
编曲：陈扬
主唱：孟庭苇

我能听见你的忧郁
却难告诉你
当我开口声音就会消失空气里
而心慢慢　心慢慢
冰在彼此沉默里
你的眼眶红透了委屈

他们教我用手说出
所有的情绪
我的双手举在空中却不能言语

由于公司开到北京去，我经常要两地奔波。

来来去去久了，免不了对两岸的生活差异有了一些理解。两地的交通状态，老实说，都让我胆战心惊。

有一次我们全家在北京搭出租车，大儿子赞叹路旁各种巍峨大厦的壮观之余，忍不住转头跟我说："哇噻，北京的马路很大气！"我微笑点头，连出租车司机也与有荣焉咧开嘴来。

然后，小儿子惊叹道："哥哥，北京过马路的人好多，而且他们的车都不闯红灯耶！"我再度微笑点头，司机更是满脸涨红，掩不住笑意：“呵呵，闯红灯要扣点的，路口都有摄像头！”然后两个小萝卜头一路挤在车窗前哎呀咦呀声不绝，直到某一个路口。

只见两部车斜对向顶着（应该是对向两方都要左转），双方车道后面因此大排长龙，喇叭声音此起彼落震天响，儿子们受不了，兴奋地大声喊着：“出车祸了，出车祸了！”

只见司机不疾不徐地说道：“没呢！他们在较劲儿！”这下连我都不懂了：“较劲？”司机慢条斯理地说：“就谁也不让谁啊，顶一天都算小事儿！”这下子我懂了为什么北京老塞车。

后来接待北京同事来台湾，我开着车，只听后排女同事们一阵大呼小叫：“啊！101,101 耶！”我微笑点头，拐个弯后女生们：“天啊！诚品！诚品！”我再度微笑点头，优雅地说：“前方就是传说中的忠孝东路，我们公司离这儿不远了。”

红灯亮起，我就势刹住车，正想再介绍台北，只听她们尖叫：“好多，好多摩托车！今天有摩托大赛吗？”我满脸黑线地说：“下班时间都是这样子的啦。”

后来在晚餐的时候，我沉痛地对着她们说了一首歌的故事。

话说当年有一对年轻的情侣，他们彼此深深地爱着，他们喜欢骑着摩托车，享受着扑面而来的新鲜的台北空气，自由地驰骋在深夜无人的街头，他们尖叫着青春的喜悦，他们放纵着油箱里的汽油（台湾那时汽油很便宜），他们按耐不住血管里的澎湃，他们去飙车！

他们约了好多朋友，呼啸着午夜的狼嚎，他们成群结队，他们战无不胜，他们无敌……然后，很不凑巧的，人家都闪过的那个坑，因为他想回头吻她，所以……

她醒来时医生微笑地对她点头，医生说："声带严重受损，暂时你没办法说话，我们会继续会诊，我们已经安排手语师来教你简单的沟通手势，你好好休息。"

故事简单到很残酷，他瘸着腿来她的病房探视，而她不想让他有心理负担，所以不能出声加上七零八落的手势，他毅然决然地离开了她。

人世间最悲伤的事，往往不是事情的本身，而是你没有说明以及忏悔的空间，其实对方已经准备好原谅，可是，心中的歉疚却是压垮整车的那根稻草，自己不原谅自己，谁来都一样。

故事当然很沉重，相对地也抒发出我对摩托车的观感，选择任何一种交通工具当然是每个人的自由，但是，当我们选上一种相对来说是最危险的交通工具，是不是我们也要想想坐在后面，搂着我们的腰，把一生一世都交到我们手上的人哪，希望他们安好。

最最最可恨也最佩服的是，北京女同事们听完不掉泪也就算了，她们竟然大呼一口气说：“幸好我们那边禁摩！”

《手语》之后语

当老婆拿出这个曲子让我填词的时候，我很想把词写得很美，因为旋律很美。但我又觉得光是美还不够，感觉上没人性。

所以我把悲伤加了进去，悲得很美，可还不够真实，于是我制造了一场车祸，再让女主角变哑巴，想想这该色香味俱全了吧？结果美得很惨！

因为唱片公司把故事当真了，我还记得老婆当时跑来问我说：“万一记者追起这档事，我们怎么办？”我当然依旧一惯地耸耸肩，回她说：“如有雷同，纯属巧合！”

都说作家们骗死人还不偿命，但是你若相信哈利波特刚刚从台北上空飞过，我也无可奈何。

我的歌是人为创作，再美还是人工。但是听者们的心才是真美，他们自发地帮我们补足了一切瑕疵，因为相信所以才美，我看云美，因为是我看，你说花美，若我不觉美，那就不美！

我无法说服所有人听我的歌美，我就不去说服，我只是把歌写好，你自己要听的美，那就美。

走路去纽约

也让感情在时间里
有机会沉淀自己

走路去纽约

作词：林秋离
作曲：张蔚源
编曲：许环良
主唱：陶晶莹

每一次我想见到你　就要飞
无论地球上哪一角　我一天就到
用飞的原因不外乎　时间太少
你想拥有我每一秒　你今天就要
我飞的机会太多　有时因为你　有时为自己
我飞过好几万里　不觉得　那会是距离
突然很想不要飞
想走路去纽约
看看这一路我曾经忽略的一切
走路去纽约

一直很喜欢陶子（陶晶莹），喜欢看她主持的娱乐新闻，喜欢她的直率风格，在那个相对来说还有点闭锁的年代。因为台湾海蝶频频出击，各种发片记者会此起彼落，偏偏我又独钟陶子的主持风，于是经常在会场上与她相遇，聊着聊着，我突然又想入翩翩。

我说："陶子，现在有约吗？"，她："吃饭吗？"，我（三条线）："唱片约啦！"

她（松一口气）说："没啊！怎么？"

我："来玩一下，怎样？"

她："好啊！"

于是我调动整个公司来做这张专辑！各级主管跑来跟我确认："老师，您真的要做陶子吗？"

我严肃地点点头。

"可是老师，她能卖吗？"我更认真地摇摇头。

"那为什么要做？"我微笑不语。

"老师，您到底在想什么啦！"

说实话，我也不知道当时我在想什么，我只是直觉地想，唱片不是在投市场所好，而应该是整个市场的买家，在等我们又将变出什么花样出来。

跨国的唱片公司终究是来收割的，华语市场够大了，产值够多了，于是他们带着镰刀来了。什么好卖，他们推出什么，不卖的歌手呢？再说呗！

往年百花齐放，百家齐鸣的荣景不再（最明显的是我们的邀稿变少了，哈哈），一切往市场靠拢，以前老的小的男的女的大家都接受了，现在只剩一款让你挑，所以你只能挑帅的或是美的，不管她唱得如何。

突然很想走路去纽约，现代人一切都太一步到位了，等不及。

可是“等不及”这种思维更是反映出来人们的不安全感，怕握在手上的被拿走，怕摆在眼前的消失不见，人们从此失去耐心，电梯晚

来五秒，浑身都不自在，随时需要上网跟别人联系联系，宛如几分钟没发声，这世间再也没你这个人存在。

我在捷运里一眼望去每个人都一动也不动地在看手机，天啊！我终于明白为什么我不再觉得聒噪的欧巴桑们太吵了，因为整车厢就她们还活着。

我想走路去纽约不是要当嬉皮，我只是想表达一种态度，飞得太快了，地面上的风景都还来不及细细品尝，爱得太容易了，认识一晚就可以挨着床聊天！

可不可留给自己和对方一些时间和空间，留给彼此一些后悔的余地，或是转圜的理由，不要在熟悉后翻脸，宁愿在心碎前画圈。

古时候那些男追女跑，欲迎还拒的画面并不代表保守，人家是在玩好玩的游戏呢，认真铆起来一玩就是一辈子！所以要走路去纽约。

我想写粉忙的女强人（其实都是凭空想象出来的，我身边的熊美玲一点都不忙，也不怎么强？）

想着一个女大忙人就为了爱，满地球飞，她跟她的男人都粉忙，于是电话里某人先开口："嗯，你来。"然后航空公司忙，把这个人运到那里，把那个人运到这里！然后隔天再忙着把他们运回去。

我老婆常常约我走路，牵着手，没有主题性地谈话，没有目的地地走路，我猜想，我当下若是开口问她"我们走路去纽约！"，她绝对是点点头，依然拉住我的手一直向前走。

《走路去纽约》之后语

因为没钱，所以“走路去纽约”，哈！

我最喜欢的旅游方式是有大概目的地，但是没有限定去的方式。

譬如，我会开车出门然后换公车或是火车甚至换搭船！不管什么交通工具，我只享受我正在往目的前进过程中，所以一路上常常会撞见惊喜。

我觉得在漫漫人生中，惊喜是很重要的，会让人与人的相处不那么无趣，会有共同的快乐回忆，会让自己被对方更包容，而且万一途中出现意外，也会有合力解决问题的机会，爱情跟婚姻不都是需要这些？

朋友笑我说，搭飞机就能到的，你干吗搞这么累？

可是我想，出去玩怎么说累？从跨出家门后的每分每秒不都是在玩，就算累也只是身体累，心一点都不累。至少，我们都是在一起的，要累也是一块儿累。

凡走过必留下痕迹，但是快快飞过呢？恐怕只会剩下遗迹。

Mac & Jack

感觉他哭了哭了哭了　满脸悲伤
有一种即将失去我的宠爱的预感

不就是爱　很简单
我走过去让他腻在我身上

我追问 Mac 我该怎么办
一点都　不浪漫
却发现 Mac 冷静的眼光
依然守在那里整个晚上

于是我哭了哭了哭了　伤心断肠
有一种不再相信男孩说话的彷徨
这就是爱　不简单
我走过去把他抱到我身上

我为他哭了哭了哭了　我不喜欢
我应该维持那种我原来的勇敢
我留下 Jack 过一晚　不代表就是爱上
不过一般般

Mac & Jack

作词：林秋离
作曲：陈治玮
编曲：马毓芬
主唱：陶晶莹

当Jack认识Mac那一晚
彼此都不喜欢
我故意走开让他们习惯
这些男孩们都一样

拥抱着Jack醒来的早上
一房间的阳光
却发现Mac哀怨的眼光
他就守在那里整个晚上

我怪他哭了哭了哭了　我不喜欢
他应该维持那种保护着我的勇敢
我留下Jack过一晚　不代表就是爱上
不过一般般

当Jack离开我的那一晚
床头灯　一直亮
毕竟是迷乱世代的晚餐
一个不承诺的陪伴

我曾经问过一个男生，若你在某个场合遇见一个让你心动的女生，而且她也大方回应你的注视，于是你过去找她攀谈，你会聊些什么？

这男生偏过头很仔细地想了想说："我会问她养宠物吗？"

我一听眼睛亮了，心想这是一个很好的开头，先聊宠物找到共同喜好，紧接着就可以拿彼此欣赏对方的宠物当借口，直接就登门入户制造机会！

没想到这年轻人紧接着说："如果她养了公狗，我就撒必思[①]一下，借故走开吧！"

我登时大眼小眼地一阵混乱，好不容易抓回焦距，继续追问，难道你不喜欢任何雄性动物接近她？包括公蚊子？

---

① 撒必思：是日语中免费，赠送的意思。

他嘴角苦笑，有点自我嘲讽地说："养公狗，尤其是养大型公狗的女生，都已经跟那狗私定终生了！"说完摇摇头走了出去，看似跟我这老大叔没啥交集。

熊美玲当然没养狗，虽然她帮我生了两只小犬。

但我惊讶的是女人对待相依为命的宠物比起对男人的感情，貌似更坚贞一些？喔错错错！应该是说狗狗忠心可信，而男人……就像流浪狗，哪都可去，谁给吃的就一哄而上。

谁信谁倒霉？这对情感生活极端贫瘠的我来说，实在是一个艰巨的课题。

偏偏我是为了写陶子的歌，这张专辑设定好以现代都会男女的爱情关系作为主题的方向，所以我到处混夜店，没事找人搭讪，用请喝酒当武器，意图撬开现在年轻人的心防。灌醉他们获取情报，回家整理材料写出歌来，为公司的明天做出贡献！

可是，我跟狗狗不熟啊，只能旁敲侧击，从狗狗的敌人下手，而狗狗的敌人不就是我们雄性人类吗？

终于，我捡了无数尸体，噢不，我灌倒了无数男生，还是找到了一个典型。以下是那位当事人的自述，绝无抄袭，字字泣血，句句诛心，至于是否为真，请勿自行对号入座然后还来告我剽窃，侵占著作权云云！

“她邀我去她家的时候看起来不太理性，我有点忐忑不安，再三确定她没跟爸妈住一起，她说我是不是男人啊？怕什么！我也喝多了，去就去啊！”

“可就在进门的那一刹那，一只大狗就扑了过来，我还来不及夺门而出，就看她们抱在一起，她还安慰那狗说，这是Jack，你们认识一下！”

“我试着伸出手，而Mac却伸出嘴，我赶紧躲到她背后说我们俩已经彼此加好友了。”

“那一整晚 Mac 一直不怀好意地盯着我，而我在床上（当然是远离它的那一边）随时都在做好自卫的准备，搞到一整晚没睡，想起明天一早还要上班，想到以后我跟她出门，她带着 Mac 而我大老远地吊在背后像一个征信社派来跟踪的狗仔，而明明 Mac 才是狗仔，我是男主角耶！”

“我决定让今晚和平度过，保留彼此的美好，下次偶遇，她送我贴脸吻，我送她狗罐头！”

听完男主角的陈述以后，我不太想去求证女主角的说辞了，因为我怕她纵狗咬我。

可是这首歌是陶子要唱的，我又不得不站在她这边立场，就快要精神分裂，熬了几个夜晚，我还是对着职业本能妥协。

我写了这首我很得意的歌，歌词里的对位，以及换位思考，可以称得上是平生佳作！（后来我死活建议老婆养猫，而且雌雄各一只）。

《Mac & Jack》之后语

我很怕狗，因为我不确定它什么时候会咬我。

我很招狗忌，小时候家里养狗，我被咬了，后来狗被邻居打死了，刚开始我也被列为嫌疑犯之一。

后来在山路边捡了一只小狗，带着去打预防针的时候，我又被咬了，结果可怜的狗狗在岳父家门口被车撞了。再后来为了儿子们养狗，想说培养他们的爱心，特别选了一只小型的西施，看起来不太会咬人的，可又被偷抱走了！

其实在我的心里面，美女跟大狗都划归危险一类。

就有一次我骑着单车在风和日丽的河滨公园自行车道溜达，一看前方路左有俩美女开着名车停下，其中一位跑到路右开心地转身对着车上喊着："宝贝，过来！"

说时迟那时快，一道硕大的金黄色身影正对着我撞来，我登时给撞飞了出去，背包甩开，各种杂物散落满地，车子歪七扭八。

我的嘴啃满草屑，狼狈不已。然后只见一张有着无辜美丽眼睛的脸，趴下来对着我说："老先生，老先生，要不要紧啊！"

我……

踩动地球

我们走　一起走
单车环岛去郊游
那是心灵最真的感受
我们走　一起走
到处认识新朋友
你能踩动整个地球

我们走　一起走
单车环岛去郊游
那是心灵最真的感受
我们走　一起走
到处认识新朋友
你能踩动整个地球

踩动地球

作词：林秋离
作曲：熊美玲
主唱：台湾自行车日主题曲

有一种遗忘的节奏
有一种能轻松享有的生活
不拿忙碌作借口
没有神圣的理由
我们一起去　骑单车　逍遥游
还有什么能更快乐
骑上单车就像跨上了自由
离开闭塞的空间
踩出辽阔一片天
自己未来自己去掌握

每次跟邻居聊天时，他们常常会对我们说，你们娱乐圈如何如何，要不然就是，你们演艺圈里的谁谁谁又跟谁谁谁怎样怎样了。通常这时候我只能苦笑着无言以对。

说实话，我还真不知道自己到底是属于哪一圈。因为专心创作，所以我们把生活过得尽量简单，甚至于常往来的朋友都选择其他行业的人居多。

实在是我们也被娱乐版上的各种花边新闻搞得眼花缭乱，而我们除了去唱片公司领钱，平常更是很少出席公开场合，记得我的金曲奖杯，还是老婆代领的。每当第一次认识的朋友问起我们从事何种工作，我的标准回答是：写歌的！

因为生活上的单纯与低调，所以家庭里的日常也普通得很，儿子们甚至都搞不太清楚爸妈到底是做什么的。直到我出来开了海蝶唱片。

记得公司刚开，儿子的学校老师打电话来做家庭访问，很担心地说我儿子在学校偷偷跟同学讲:“我爸爸终于找到工作了!”

然后同学跟老师说，然后老师就打来关心。我哭笑不得地回答老师，可能我常常在半夜写东西，然后睡到中午才起床，最近开了个公司，比较正常作息，小孩子不懂所以误会了!

结果老师去跟校长讲，雨果的爸妈是写歌的，隔天校长就来拜访要我们帮忙写校歌!我跟老婆四目相对，我忙用眼神示意，儿子在人家手上，不写行吗?当场只好答应下来。

事后我问刚放学的儿子:“今天升旗时听到校歌了没?”

儿子不置可否地耸耸肩:“听了!”

我赶忙追问:“那你觉得怎样啊?”

儿子面无表情地回:“还好啦!”

我不死心:“那同学们怎么说?”

儿子不耐烦了:“就没说啊!”

当下我泪流满面。

人们常对我们说，我们的情歌很感人，很好卖！而我们憋在心里的话是：我们也写了很多非商业性的歌好不好，尤其是《踩动地球》。

因为小孩慢慢长大，我为了让他们平安度过叛逆年龄，绞尽脑汁组织各种全家参与的活动，譬如骑自行车。

因为在路上全家一起聊心事，一起面对各种逆境与天候，无形中感情就更紧密。我甚至买了最好的车子给他们，只为了让他们骑起来轻松一些（越贵的车越轻），我组织了环日月潭活动，再组织花莲台东游，终级目标是环台湾一圈。

那天，正骑在花东纵谷路上，我接到了一通电话，原来老婆的三十年老同学刚接任自行车新文化基金会执行长，要推广自行车环台运动，想找我们写主题曲，刚好我们全家正在热头上，就一口答应。

当时脑子里的画面是，我们踩着踏板转动车轮，而车轮转动地球，于是《踩动地球》就这么写出来了！

后来，儿子们去报名参加自行车环台活动，绕了一圈回来后，我去迎接他们，心中为他们自豪之余，忍不住又问："这首歌好听吗？"

儿子们疲倦地回答："每天从早听到晚，晚上做梦都回绕着旋律，好腻！"于是我又泪流满面！

后来，我被捷安特董事长刘金标先生邀请去参加北京——上海1668公里的骑行活动，一路上听这首歌听了二十天，回家后足足有几个月不听任何一首我写的歌！

《踩动地球》之后语

听过这么一句话：地球不会因为谁而转动。

想当然耳，我们不动，地球还是在动，所以既然要动，那就一起动。写了那么多的公益歌曲后，深深体会到，有些歌不身体力行还真是写不出来。

骑着自行车环台湾一圈，绝对是不虚此行的一趟旅程，我甚至还幻想过每个外国游客一下飞机时，就发给他们一部自行车去游台湾，开车太快，走路太慢，台湾不大不小刚刚好，因为我玩过！

无所不在的便利店，提供洗澡的派出所，在台湾骑自行车，处处是人情，到处都好吃！

CHAPTER

第四章／

如果要我将你一生
写成一首诗
我不写梦
只写你的手
守着你是我
不是风

哭砂

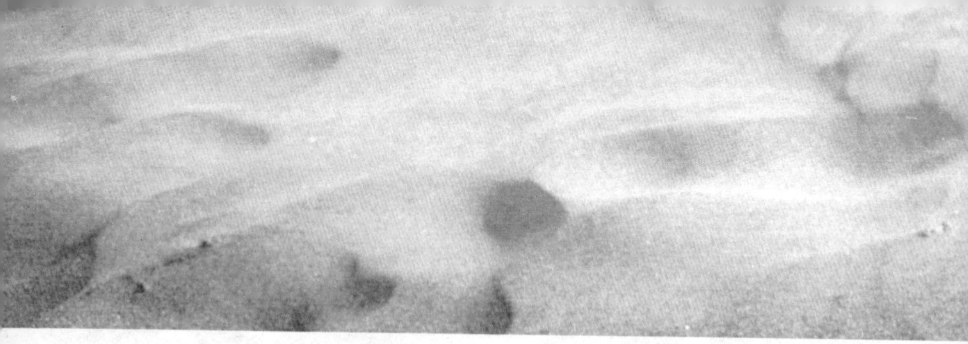

你总是带回满口袋的砂给我
难得来看我　却又离开我
让那手中泻落的砂像泪水流

风吹来的砂　落在悲伤的眼里
谁都看出我在等你
风吹来的砂　堆积在心里
是谁也擦不去的痕迹
风吹来的砂　穿过所有的记忆
谁都知道我在想你
风吹来的砂　冥冥在哭泣
难道早就预言了分离

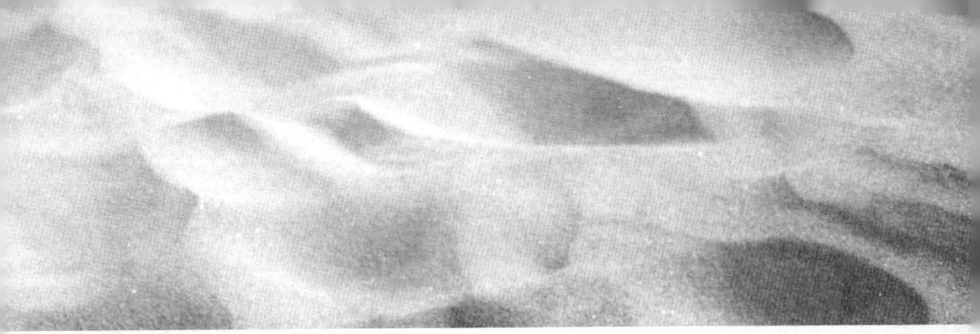

哭砂

作词：林秋离
作曲：熊美玲
编曲：陈志远
主唱：黄莺莺

你是我最苦涩的等待
让我欢喜又害怕未来
你最爱说你是一颗尘埃
偶尔会恶作剧地飘进我眼里
宁愿我哭泣　不让我爱你
你就真的像尘埃消失在风里

你是我最痛苦的抉择
为何你从不放弃飘泊
海对你是那么难分难舍

我这辈子最熟悉的女人应该是熊美玲吧。

小时候家里生意做很大，妈妈忙进忙出的，通常都是佣人陪着我，但她是在工作，不会教我女人是怎样的一种存在。于是我也不太留意女人跟男人的异同之处，直到认识熊美玲。她活生生地让我尝试了女人到底是怎样的一种难以下咽的物种。

首先，她们不能下锅（通常都是我在锅里），再则她不吵不叫，她唱歌！（好吧，之所以我从不买 CD！）那天她在看电视，日本惊悚剧，火曜日的那种，我身为一个大老爷们，当然是不屑一顾那种肥皂剧。直到电视关掉以后，耳朵听见她脚步进了工作室，不一会儿，传来吉他声。

这下坏了，老婆写歌了！意思就是我今晚逃不了填词的命，忐忑啊忐忑，好不容易找到一本喜欢的书说！

果然，没一会儿，那女人施施然拿了一卷卡带过来说了，刚刚看了电视剧，谋杀案那种的。“我觉得剧名不错，哭泣的砂，所以写了这曲子。嗯嗯，你听听看！”

我反应不过来，哭泣的杀？所以？要写重摇滚的那种？譬如把吉他举上头部，然后狠狠地用牙齿咬住吉他弦，很狰狞地唱着的那种？

她轻描淡写地抛了一眼过来，自己看着办的那意味，洗澡去了。

我很悲剧地放进卡带，然后更悲剧的按了录音键，于是，我把她刚刚唱的 demo 洗掉了！咦？我按的不是播放键？我按到……录音键？于是，悲剧了！

话说男女不仅仅是生理的构造不同，连心理都要看不同科的医生，男生要挂亢奋症，女生要挂妄想症，因此那一夜我填了《哭砂》这首词。

以下是我写完歌词的正式心情，苍天可鉴，我百口莫辩。

跑船的男人是一类自由的囚犯，困在方寸之地，眼前却是海阔天空。想念着陆地和陆地上的女人，一上岸后却又迫不及待地想回到海上。

船上是世界上最安定也最不安定的地方，安定的是整船人在一起生活工作着，彼此熟悉到不行，不安定的是船在大海上，海上有风浪，

风吹来的砂
落在悲伤的眼里

谁都看出
我在等你

有烈阳，有人想不到的各种变数，唯独没有女人！

当个跑船男人的女人是另一类的自由的囚犯，可以任意行事，可以彻夜不归，但心却已经随着那人去了海上，没日没夜地揪着，深怕那人从此不返，深怕午夜的电话铃声，深怕手中拥有的一朝破灭！

于是，在他上船之前她要他带一些纪念品回来："你不是常常说你去了哪些哪些地方，顺手就带些什么回来吧！"他不置可否地应着，走向码头，心留在家里，脚踩入海洋。

都说男人和女人有各种的矛盾，这样那样的争执，那样这样的误会，其实，男人和女人是不同的物种，在情感的世界里，男人凭心看世界，而女人凭物看世界。男人比较在乎感觉，而女人却务实多了，于是，又悲剧了。

男人自海上归来，理所当然地忘了买礼物了！

是去了很多地方，但船一靠岸，大伙就吆喝着涌向最近的酒吧，调戏穿最少的女孩，挑衅一定打得过的醉汉，然后酩酊大醉地回船上！

咱们是出来工作的，谁有美国时间去逛街啊？没礼物没事，咱们的命是靠海吃饭，命呢等同就是海给的，这人一生最贵重的不就是这条命吗？就都送你了！郑重其事地在海边抓一把砂子，揣进口袋里，回家了！

女人终于守回了男人，不说话地先对着他上下看，只有行李没有礼物。只见男人小心翼翼地从口袋里抓出一把砂子，深情款款地凝视着她说："这是我的命，我把它带回来给你了。"

于是，女人望着手里泻落的砂，哭了。

《哭砂》之后语

《哭砂》是我们第一首红遍大陆的歌。

1990年我终于踏上这片土地，小涂（涂惠源）介绍一个女生与我认识，他说这女孩唱《哭砂》特别好听，我当然是洗耳恭听！果然，唱得真不错，后来竟然就变成他老婆了！

而让我印象最深刻的是，小涂很认真地对着我说："她可以把整颗拳头塞进嘴里去！"我听到眼珠子都快掉出来，真的假的，只见那女生在小涂的要求之下，微微害羞地二话不讲，直接就把整颗拳头塞进嘴巴里了！

我整个傻了，久久不能言语，这就是大陆给我的第一个震撼，能人太多了！

情生意动

带你看山看河
看我情上心头

以为自己心已尘封
谁知窗外春意浓
依然被情愁惹得眼蒙眬
守着你是我　不是风　深情已种
一生守候着不会意动

情生意动

作词：林秋离
作曲：熊美玲
主唱：曾淑勤

最美丽的情感总是藏在梦背后
别触动它　一碰就凋落
花谢了后
连北风都会寂寞
心如潮起潮落
愁已锁住眉头

如果要我将你一生写成一首诗
我不写梦　只写你的手
青春如酒
醉了把你手紧握

每次我跟人说起熊美玲是我第一个女朋友的时候，听到的人都会暧昧而且含蓄地一笑！搞得我很毛。

也是，那年我已经二十六岁，同龄人有的都当爸了，怎么可能我还没追过妹！我十七岁上台北，首要任务就是养活自己，家道怎么中落的那是另一个故事。

总之我单身一人口袋里揣着五百块钱站在台北火车站前，望着车水马龙的街景愣了半晌，决定到对面的希尔顿大饭店吃一顿三百五十块钱的早餐，因为小时候我妈带我到台北时吃过，然后就开始了我的新生活。

至于我怎么活到二十六岁的，那又是另一个故事。因为我认识了熊美玲，生活就原地右转弯，换了另一个方向。至于为什么不左转？是因为我觉得右转比较顺！

每次我跟人说我三天就追上熊美玲，她就跟我急！我很无辜，因为那时候我们两个都很寂寞，刚好我又很会说笑话，而且当我看到她竟然住在那种地方，我就拍胸口说："从今天开始我养你！"于是我们两个就在一起了。

她住在师大围墙边的老公寓的楼顶，楼顶？是的，楼顶！就是顶楼的天花板上方的楼顶！有两间加盖的小房间，她住一间，另外有俩小女生住一间（后来那俩女生被我们吵到搬走了）。

我问她为什么住这里，她说：“因为这里可以看星星！”于是我们每天晚上看星星。

过了愉快的日子没多久，有一天傍晚她坐在天台上哭了。我问了半天，她哭着说：“我饿了，我口袋里只剩二十五块钱！”我一听，怒了！

翻出前两天跟她写的歌，骑上单车找到最近的一家唱片公司，摸进老板办公室表明来意：“我叫林秋离，这卡带里是我跟熊美玲写的歌，包红！我只要一万块，现在，马上！”老板可能被我吓到，叫进

来会计给了我钱，我立马翻身就走，回家带了她去吃牛排！

我常说我是因为熊美玲而变成作词人，这是实话。

因为那时候她唯一会做的就是写曲，而我唯一会做的就是说笑话哄她！后来她要我填词，刚好我从小立志当作家，歌词？小事而已！可接着被她退了几次稿，我就认真了。

我是真想跟她在一起！至少，这日子过得好快乐。

我们无所不谈，就是很少谈感情，因为在歌里面我们谈得更浓！我们为了省钱，牵着手走了几公里到忠孝东路逛街，然后再走回来，什么都没买。

关于明天，这个禁忌的话题，她不说我也从来不提。我们就一起生活着，平静而且激情。

有一天，就像很多故事里的有一天……她严肃地对着我说："我的绿卡下来了，我必须到美国报到，过两天我就要飞了，爸妈要我顺便去相亲。"

绿卡？美国？相亲？好大的三记雷！我被雷到外焦里嫩的。

那……你家到底是干什么的？她终于娓娓道来，原来，她们全家都是医生！她爸爸是，她伯伯是，她三个哥哥俩医生、一个药剂师，她唯一的姐姐早年嫁到美国，她姐夫是个知名学者，也是国际水资源专家。

她……我蒙了很久才醒过来，原来我把上了一位公主，亏我还拍胸养人家，看星星看到自以为是王子了！

于是，她走了。

我还守在楼顶，因为她的东西都还在，我想着她可能会回来吧！我就守候着。

三个多月的时间，没有讯息，没有电话，我也没干吗，每天浑浑噩噩的，我跟她就像故事里的两颗相爱的蛋，花前月下不缺，风雨同舟不少，直到有一天，一颗孵出了鳄鱼，一颗孵出了麻雀。

从此，一个翻江倒海，一个乘风万里，永远走不到一块，直到有一天，就是故事里的有一天！

我接到一通电话，她说："我快到家了，你在吗？"

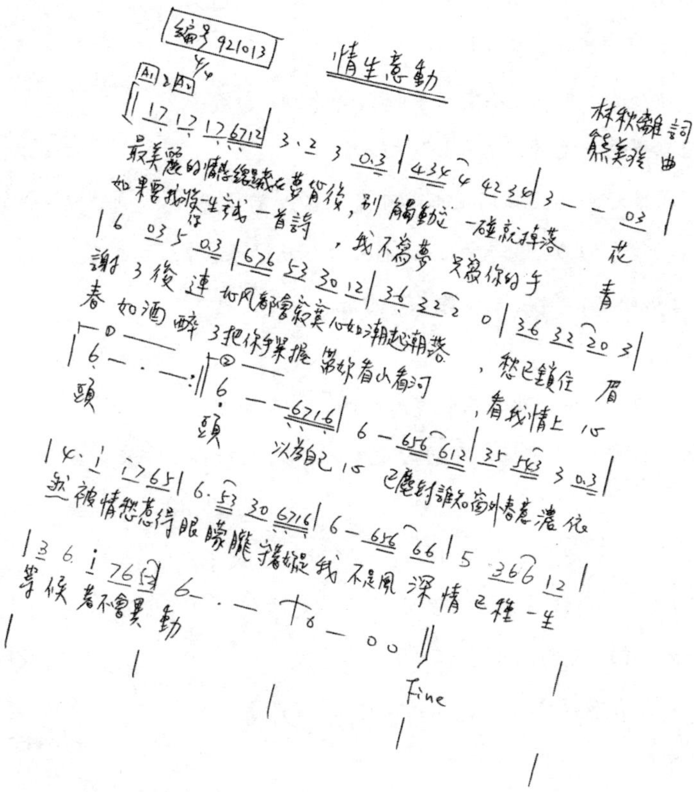

《情生意动》之后语

有一些歌就像土地公庙旁边的老榕树，习以为常到你缺它不可。

所谓的卡拉OK必点曲，我当然写了不少，但是那种会招惹某人很深刻地对我说“这首歌陪了我很多年！”的歌曲，实在让我无言以对，因为我做不到“有求必应”！

每一次人们问起我最近有什么新作品时，我老是尴尬得手足无措，不知如何回答。

我很想满足大家的要求，可是“最近不缺钱，所以没什么动力”的言辞又说不出口，反过来说，“最近很缺钱，但是没人邀稿”的话，我是死也不能说。

原来，我不喜欢钱柜是有原因的，我在那里享受到这些年来的荣耀，可同时也承担着人们对我的期待。

好吧，歌也写得够多了，我自己都忘了大半，每次朋友问我那那那是不是你写的，我都要上网查一查，糟糕的是我会忘，但他们不会忘！

只要有人记得就好，我喃喃自语：“只要有人记得就好。”

敲痛我的心

是否解开心中的锁
而留住你再爱我

你敲敲敲痛了我的心
用世间所有感情
一声声责备我如此忍心

我瞧瞧瞧透了你的心
也不会改变决定

敲痛我的心

作词：林秋离
作曲：熊美玲
主唱：郑怡

远方的霓虹闪烁
投影你在我窗口
我盈眶泪光中
你如此的削瘦
轻声一叹
极端的落寞
我无力靠在门后
强忍住心中颤抖
明知道你不会走
敲门声音催着我
要我选择

就当我是这世上最无情
你敲敲痛了我的心
不管我怎么伤心
你可曾听见我声声哭泣
我瞧瞧瞧透了你的心
你才是真的无情　竟伤害我这最爱你的心

一般来说，网络小说看多了的朋友，或者选秀节目看多了的朋友，总会对“草根发达史”有很多 YY 的幻想，其实，我们都错了。

坊间流传的关于我怎么在几天之内追到熊美玲的说法（其实都是我流出去的），都不接近真实。我是在几天之内让她接受我，可是我紧接着发现，我用一辈子都换不回我曾经的单人匹马，仗剑走江湖的岁月！

这时候我领悟到，当英雄一旦为了女人下马，他就马上变成那匹马，乖乖地被套上缰绳，要你走东你不敢往西，两腿一夹，你就得奋力往前冲，即便前面就是悬崖！

但是，我们的悲催又不能开记者会公开说明，于是（又是于是），只好发泄在歌词等的作品之中，又能舒缓压力，又能赚取版税，就当资源回收吧！

一直都不觉得写歌很难的原因是，后面有一只“熊”在追我！当

她开心时我要陪她采草莓（如果她更开心时我可能要去掏蜂窝）；当她不开心时我要闭门思过，设法想出一些我这几天答应过而没做的事（譬如洗碗），然后完成它。

是的，我们的快乐同居日子就这么发展开来，而且一发就不可收拾。

她会生气的原因可能有一千种，但我能猜到的通常都只有一种，所以常常猜不中。就像很多游戏一样，猜中的有奖品，猜不中的被惩罚，而她对我的惩罚是，她把她自己关起来！

嘿，别以为她把自己关起来五分钟而已，她动不动就把自己关一天！（这好像是我们的另一首歌，《动不动就说爱我》的灵感吼。）

这时候我就难过了，我怕她饿死了，然后我怎么跟警察叔叔说她不高兴，所以把自己关起来然后饿死了！于是我拼命敲门，关键的是我敲着敲着灵感来了，更关键的是她关着关着，竟然写起曲子来了。

都说每一首歌在写出来了的背后都有一段故事。我之所以难以启口的原因，绝对不是歌曲本身，而是那些有点荒谬可又是真实的事件。

有一只“熊”在屋子里写歌，噢不！有一个天才女作曲家在屋子里写歌。我本来正在敲着门，可我听到这曲子又忍不住想歌词，于是（正在吵架的）我们，一个在屋子里弹吉他，一个在屋子外冷得要死地写歌词。

我之所以写歌是跟她在一起，是因为我写的大部分都是情歌。但是情歌写多了难免想吐，有时候我们面面相对久了，忍不住要转身作呕！因此我们常常换个角度来写。

花样有很多，但真心永远不变。

说我们在调情吧，也对，要不然怎么相处一辈子；说我们在合作吧，也是，只是我的钱全部都归她管。

只是，到后来越来越严重，我们生的儿子是她的，我们养的小狗是她的，我们买的家具竟然也是她的！

有一天我忍不住了，发脾气：“那到底这个家什么是我的？！”

她不声不响地递过来一个烟灰缸说：“这是你的，戒了它，我也是你的！”

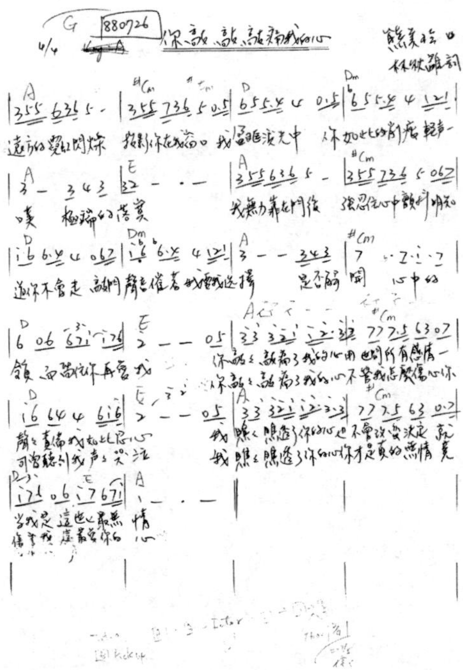

《敲痛我的心》之后语

一般说来，流行音乐创作人里头，夫妻档的组合大都是老公写曲，老婆写词。至少我认识的几对夫妻是如此，也因为这样，我们的这种组合出现时，很是令介绍我们的主持人有些蛋疼！

而每次我总是很无辜地说，谁叫我不会乐器，而我老婆又抵死不教我，怕我抢了她的生意。

不过我是真的喜欢填词，我发表的作品都是先有曲再填词的，对我来说挑战性比较有意思。而熊美玲又是喜欢先写曲，因为她可以海阔天空地发展旋律，于是我俩一拍即合。

默契需要靠时间累积，所以我们花了几十年的岁月不停地在沟通，不停地分享对各种事物的看法跟心得，过程中当然也会有争执，但我们都小心翼翼地避免重创对方，即便是一点点伤害，彼此的心都会很痛！

这首《敲痛我的心》便是其中的代表作，我们因为太保护对方，所以只会伤害自己。

找一个字代替

告诉你我一生的际遇
让受过伤后的刺痛随风而去

我想沏一壶酒给你
藏在你思念我的心底
日后再相聚
你听我醉后言语　说的都是你

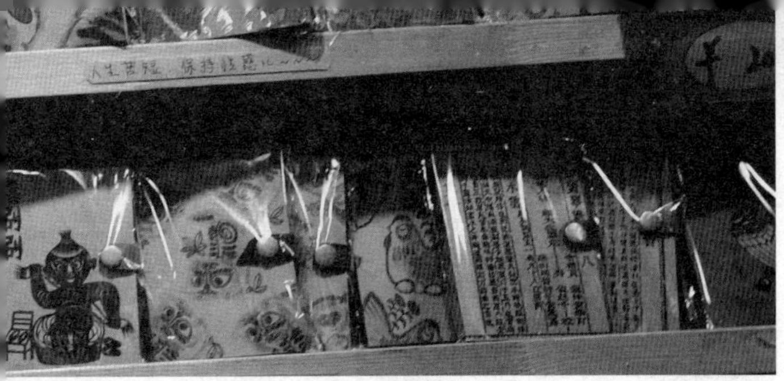

找一个字代替

作词：林秋离
作曲：熊美玲
编曲：涂惠源
主唱：邰正宵

我想做一个梦给你
填满你心中所有空隙
让流过泪后的苦涩转成甜蜜

我想摘两颗星给你
放在你眺望我的夜里
于是黑夜里
你可以整夜看我　如何的想你

我想留一张纸给你
翻遍日记将千言万语
找一个字代替　却发现爱是最深的痕迹

想你就乱乱乱头绪　不想又伤伤伤自己
情深就不必问　是合不合逻辑

想你就乱乱乱头绪
不想又伤伤伤自己
刻一个爱给你　在今生今世里

一个人的一辈子，怎么找一个字代替?

其实话说回头，佛家讲贪嗔痴，道家讲天地人，儒家讲仁礼信，我家讲放宽心。

放呢就是把一切都放下，宽呢就是什么都包容，心呢就是随意所致，只要不害人不伤人。但是，怎么在流行音乐里写这么艰深的道理，我们于是把自己娱乐化。

在我最艰苦的那个年代，老婆怀了第一胎，我们从台湾北拜到台湾南的各种寺庙，求的无非是保佑一家平安，从此风调雨顺的种种。说信也信，说不信也不信，反正一炷香在手上，面对黄天后土，嘴里念念有词，心里忐忐忑忑，东求西求，直到离开寺庙后，我问老婆:“你除了求神明保佑平安之外，有木有求我们写歌顺利? ”

老婆愕然:“这个也可以啊? ”

我忿忿不平地说:“我刚刚丢了几百块进去香火柜，你不求，我亏大了! ”

先不管神明怎么看我这个凡夫俗子，但是命里面的贵人却是甩都甩不掉。

其实一开始贵人也不很贵，那天我去唱片公司领取某一首歌的版税，开支票给我的主管（儿子的干爹）说："某唱片公司找了你们很久，只为了欣赏你们的作品，想找你们写歌，好歹也见见人家嘛！"

我登时心乱如麻，啊啊，他……他……他有钱吗？老朋友严肃地点点头，绝对付得起版税！

那……他……他……他好相处吗？老朋友更严肃地点点头，很好相处！

我于是就放心了，既然他是一个无害的存在，我们为什么不帮他们公司写歌呢？然后，我们就悲剧了！

其实大卫林真的是一个好人，良好的家世，无瑕的教养，完美的待人，英俊的外表，可能是我出自天然的防卫本能所致，我一直对这种人敬而远之。

我这种街道上长大的小孩，天生就有存在于血液里的自卑心，一旦碰到这些血统优良的品种，我通常都很过敏。但是，他的人真的很好。只是再完美的人还是会有一些坏习惯，譬如，他很喜欢偷跑到我老婆的工作室！

日后再相聚
你听我醉后言语

说的都是你

有一次我忍不住尾随他进去，我冷冷地说："你到底想找什么？"他呢，理直气壮地说："我们公司的歌到底写了没有？我只是来看看美玲的行事历，关心一下而已。"

当下我也拿他无可奈何，当天晚上，我陪老婆逛夜市，突发奇想地买了一片"现金交易，恕不赊欠"的牌子回家贴在我们写歌的行事历上面。心想，下次林老板再来时，看到这牌子应该会收敛一点吧？

过没几天，果然他又来了，进门还没几秒钟，一转头又溜进工作室里。没一会儿，只见满脸通红的唱片公司老板气冲冲地跑出来对我说："那……那……那牌子是什么意思？"

我耸耸肩，上面写得很清楚啊！

他当场甩门而去，我心想会不会这辈子就无缘再见了。

结果，隔天他又来按门铃了，我客气地请他进来，还殷勤地摆上拖鞋，只见他手提一个 007 手提箱，放上桌面，表情冷酷地说："我公司决定先预付你们五首歌的版税，这里是三十万！”

然后噼里啪啦地打开箱子，就像电影里买毒品的黑社会分子一样，把箱子转过来，露出满满的钞票推了过来，嗯嗯，全部现金，绝不赊欠！

都说作家们是一种清高的存在，但是当我望见满箱的钞票，我却忍不住对老婆死命地眨眼睛，老婆却会错意，正要把箱子推回去……

我立马扑上去抱着箱子说：“那箱子也一起吗？”

《找一个字代替》之后语

男人跟女人之间的对话中，最强而有力的大约都是“我X你”吧，之所以用“X”这个英文字母，只是顺应潮流，别想太多哈！

那我们试试看找一个字来代替“X”。

电话里的用法常听到的是“我想你”。

情书上通用的多是“我爱你”。

夜店里偶尔会窃听到隔壁桌有人说“我要你”。

工作场合里，同事间很常见的“我陪你”。

午夜街头边，我半夜开窗，常常听到有女声大吼“我恨你”。

朋友间更常开玩笑地说“我骗你”的啦！

老婆忍受不住的时候，会对儿子们要胁“我揍你”喔。

这时候我都躲在一边假装跟儿子同一国的，乞求“我怕你”耶。

再然后，“我让你”、“我帮你”、“我求你”、“我疼你”、“我咬你”恩……不能再我X你下去了。

总之，这首歌的发想是这样子来的，有些字是永远找不到另一个字来代替的，不是吗？

动不动就说爱我

留不留你又如何
一旦尘埃落地后
就让泪水洗清我伤口
是不是人都难免有
感动得忘了我的时候
一颗心变得好脆弱

动不动就说爱我
谁又量过爱多久
才能当作一生的承诺
留不留你又如何
一旦尘埃落地后
就让泪水洗清我伤口

动不动就说爱我

作词：林秋离
作曲：熊美玲
原唱：芝麻龙眼
主唱：南方二重唱

离别后也没有什么
会让我更难过的理由
只不过很想让泪水
痛快一次的汜流
每个人都错　错在自己太成熟
轻易让爱上心头

动不动就说爱我
谁又量过爱多久
才能当作一生的承诺

需要多情的温柔
每个人都错　错在自己无保留
轻易让爱上心头

动不动就说爱我
也不问我要什么
给一个捉不到的承诺
留不留你又如何
反正你还是要走
只盼望别踩痛我伤口

老婆整个人是一个典型的艺术家。根据我对艺术家的看法，可以归纳出几个结论：第一个是“不近人情”。因为他们通常都是活在另一个我们触手不及的时空，面对生活反应慢到可以，常常她突然跑来跟我说，那天见面的那个谁谁谁，我不喜欢。

我愣了半天才想出她说的是谁，拜托！那是在两星期前见到的人好不好。

第二个是“喜怒无常”。往往我兴高采烈地跟她说起一件好玩的事情，她却哭了起来！我立马傻眼了，目瞪口呆地问她，这难道不好笑到会惹人哭？她不置可否地继续沉淀在自己的世界里。

第三个是“突发奇想”。那时我在开着车，她一直望着窗外沉默着，这时我当然不敢打扰她，我连呼吸都控制在吸一口分三次呼出去的顶级内功吐纳心法里，眼观鼻，鼻观心的空灵状态。

终于，她开口了：“给我一张发票！”我傻了，发票？她不耐烦地催促：“快！”

我赶紧停到路边，满头大汗地从手套箱里搜出一张皱巴巴的发票来给她。她拿起笔，在发票上写了一些数字。

我心想，完了，上个星期跟几个酒肉朋友去夜店喝酒的事儿露馅了，这会儿她要算账了！

接着只见她抬起头来说："嗯嗯，这首曲子叫作《动不动就说爱我》好不好？"

那年，乡城唱片刚签了两个小女生，制作人来邀稿说这是他们公司的年度大计划，希望我们帮她们写一首好歌！恰好我早在多年前就认识这两个女生，我顺口问道："那她们叫啥团名？"制作人坦诚地说："您可能不以为然，但是公司已经定案，她们叫作'芝麻龙眼'。"

我……无语，然后我答应了。我一向言出必行，一诺九鼎！

转过头来苦苦哀求老婆帮"芝麻龙眼"写曲子，她在神游物外之中，淡淡地飘来一句："把那天的发票填上词，给了就是了。"

哇噻！这样也可以？我赶紧填好词，交稿去也！

后来老婆发片，我陪她到高雄做宣传，从小港机场搭演出单位安排的计程车到现场，正在彩排中却传来“芝麻龙眼”出车祸的消息，而且那部计程车竟然是载我们到现场然后回头去接她们的同一部车！

我们冷汗直流之余，又痛心这个噩耗，当时我心里只想到《动不动就说爱我》这首歌恐怕是会沦为残响了。幸好后来出来了“南方二重唱”，又把这首歌唱活了！

老婆经过了这些事情之后，好像从云端往下降落了一些，当然我更是不留余力的拼命把她拖进红尘。我还有俩儿子要她养耶，她若成仙，我不哭死才怪。只是，老婆一回到人世间，就拜把了一堆姐妹。她的姐妹淘们个个才华洋溢到不行，有善于唱歌的（合唱团），有善于办活动的（舞蹈会），也有善于拍照制作投影片的（单纯留念用），最最厉害的是，她们可以十三个人一起聊十五个话题！

搞到我住的方圆十里之内无人不知无人不晓，眼看着老婆越来越融入人间，我放心之余，也就顺理成章坠入红尘，只是，这十三太媚们（十三个美丽的太太）最喜欢唱的除了《情生意动》之外，就这首《动不动就说爱我》了。

您说，我能不随波逐流吗？

《动不动就说爱我》之后语

除了赚钱求生这个念头之外，老实说我们很少想到其他。这里说的其他就是知名度啦，影响力啊什么的。因为我们都不懂人红了以后能拿来做什么。

这并不是矫情，事实上每次买或吃东西时被老板认出来后，我们的那个局促，就都活生生写在脸上，完全无法坦然面对！

我们羞涩于被人们指指点点，我们更无语在老板认出我们之后的招来左邻右舍对我们品头论足的举动，而且丝毫没有给折扣的打算。

这往往让我们狼狈不已，我们在还没享受到名人的特殊礼遇之前，就扛上了因为名人的稀缺性而导致的不自在。

所以我们低调，很好讲话，难以拒绝别人，回家后彼此帮对方擦上平复心灵受伤的药，然后写歌。

我们离人群很近又很远，我们开车到不出名的火车站然后搭火车去看桐花，因为这样很快乐。

我们不需要人们惦记着我们，因为我们会一直写下去，不管是写歌还是写书什么的，那是一种乐趣，那是一开始我们就确定的未来。

我们不因为别人如何爱我们的作品而写，因为这本来就是我们自己想要做的，所以别“动不动就说爱我”，大家爱，我们开心，不说出来，我们还是开心！

流泪

被那些往事缠到一夜不能睡
梦也梦得隐隐约约
而歇斯底里大声说我永不后悔
因为在今夜我决定要放纵地流泪

不小心踩碎了小花蕊
心痛的想赔它几滴泪
才发现好多年没有掉过泪
莫非忘了什么是感觉

流泪

作词：林秋离
作曲：熊美玲
原唱：关之琳
主唱：潘辰

不小心踩碎了小花蕊
心痛的想赔它几滴泪
才发现好多年没有掉过泪
莫非忘了什么是感觉

笑自己多情到无所谓
其实也没真正的爱过谁
匆匆到人世间渡一场是非
一生也只能一次心碎

笑自己多情到无所谓
其实也没真正的爱过谁
匆匆到人世间渡一场是非
一生也只能一次心碎

被那些往事缠到一夜不能睡
梦也梦得隐隐约约
而歇斯底里大声说我永不后悔
因为在今夜我决定要放纵地流泪

小时候的我很爱哭！也许你会说，谁小时候不爱哭。但是你绝对不会在迎神赛会中，看着那乩童抡开来密密麻麻长满尖刺的狼牙棒，狠狠地往后背砸下去，血流满注的景象中哭着说："好痛啊！"

从小我就见不得人伤心，往往当事人还没怎样，我就哭得如丧考妣！都说心太软，可是我挨爸爸揍的时候，我倒是没怎么哭泣。很简单的逻辑，我痛是应该，因为我犯错，而看到别人恸，我却悲从中来，因为心有戚戚焉。

有一次在路上被一个老和尚抓住我说我前三辈子都是和尚，我终于领悟到我为什么那么喜欢吃肉！所以我的爱哭归咎在佛怜世人啊。

而流泪，那又是另一种状态。

我从小近视很深，所以我小学就戴隐形眼镜，那时候的材质都用玻璃的，很刺激眼睛，每天早上我戴一次就流泪一次，因此跟我一起上学的邻居小孩都笑我是爱哭鬼，我也不以为意，反正他们都还不懂什么叫隐形眼镜！

我之所以近视深是因为我喜欢看课外书，尤其是琼瑶的言情小说跟古龙的武侠小说。

看琼瑶可以让我幻想我是情圣，看古龙则是转脸变成武圣，于是我摆好姿态，面对女生是琼瑶，面对男生呢？就嘻嘻哈哈双节棍！

爸爸不准我看课外书，我只好夜里躲在被窝里拿手电筒看书，睡下铺的弟弟受不了，踢我的床板说：“你别一下子唱情歌，一下子练功夫，至少统一嘛，一天演琼瑶，一天演李小龙！”

长大后自然就不哭了，尤其是自己要养活自己，流泪是奢侈的，而幻想是必要的。

我埋头苦干，一心想要证明书上写的都是真的（琼瑶搭上古龙一

不小心踩碎了小花蕊

心痛的想赔它几滴泪

起）。于是我认识了熊美玲，琼瑶真实了，然后我们两个叱咤风云，作品在排行榜上高居不下，古龙有保佑。

但是，不掉泪的结果是，人越来越无情了。歌写了太多，情感都用尽了，人若无感，怎么去感人？所以我们研究半天，决定去玩！玩当然有玩的方式，我们去看人，各种人。我们专挑淳朴的乡下去，细心地体会他们的所思所想，看看他们一直在看的蓝天，闻闻他们一直在走的土地，直到老婆一不小心踩碎了路边的一朵花。

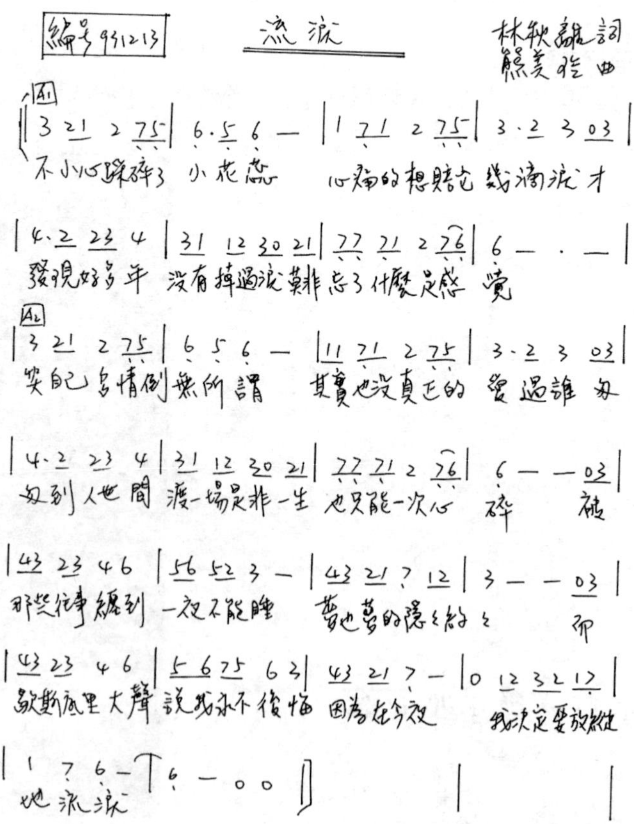

现代人是一种骄傲而又脆弱的存在。

我们生活在众人构筑出来的空间，在规则允许的范围之下，我们无敌而且蛮横。

理所当然地打开电视新闻频道，痛斥官员们的无能跟商人们的无耻；然后面对欧美的暴风雪，忍不住又庆幸台湾的风调雨顺。我们要的其实已经在手里，而我们不自觉地老是看向别人的碗里。

我写流泪这首歌其实不是在写女人，只不过唱的是女歌手，所以人们会以为是情歌。我在歌里面写的，决定在今夜彻彻底底地流一场泪，是我们在面对整个我们无能为力的世界时的表态。

但愿泪水可以洗涤掉积垢已久的人世间，希望大家找机会好好地流一场泪，先别说为什么，反正就哭呗，哭一哭明天会更好！

《流泪》之后语

通常一个作曲家想出一张创作专辑的时候，大都会选一些对自己有某种意义的作品来唱。《流泪》这首歌便是如此地被老婆选进她的创作专辑里。只是让我想很多的是，她莫非想向我传达什么讯息？所以我小心地问她，为啥选这首？

她不假思索地说："因为原唱没能完全表达。"喔，我松了一口气！

没想到她紧接着又说了："我每天都想流泪。"

这下子我心脏又揪起来了，怎么会呢？

她回答："想这首旋律啊，我觉得我写得很好！"我心跳跳空了一下，喔喔，那就好，你喜欢就好。

这时她皱起眉头瞪着我："你不赞成我选这首吗？"

我哪敢啊！连连大拍马屁。

后来我们去赏桐花，望着满山遍野花落如雨的五月雪，她叹息着说："所以我喜欢流泪。"

如梦一场

找不到一间单人房

所有人成对成双
我走在路上　显然很不一样
我不是故意要这样
嘲笑自己的荒唐　回家就感觉空旷

爱情总是每天一个新花样
逗得人跟着团团转
来不及问自己到底怎么样
一盆冷水就倒在头上
如梦一场

感情总是每个人都有主张
偏偏频率就不一样
连一句爱我不爱
都说得勉强

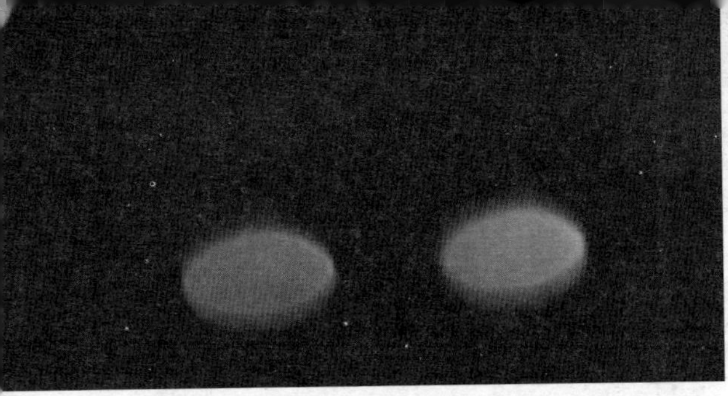

如梦一场

作词：林秋离
作曲：熊美玲
编曲：涂惠源
主唱：熊美玲

我把自己轻轻松松地埋葬
在你心中的空地上
你的红唇带着鲜花的芬芳
吹口气在我的脸上
故事如果是这样
不该有悲伤　我也不会绝望
可是我冰冷的胸膛
失去你的温暖　啊　一片凄凉

朋友劝我找个大夫看一看
这种爱过头的症状
我很遗憾这个城市的宾馆

究竟是什么心态让我想写这一首《如梦一场》?

在我跟熊美玲恩恩爱爱、如胶似漆的创作兼婚姻兼生儿育女的这一大段快乐岁月里，我怎么会写出这么样的词，仿佛是在追念当年的单身快乐生活。甚至在她要我下楼到 7-11 买一盒鸡蛋的时候，我在电梯里还执着地想着这个问题。

直到电梯门开了，迎面一个浑身泛香，身材火辣的美眉跟我擦肩而过，我才猛然惊醒，啊！昨日之日不可留，今日之日多烦忧，我，我，我还是面对现实，在歌里尽情发泄吧！

但是我真心喜欢这歌词：

我把自己轻轻松松地埋葬，在你心中的空地上！

你看，爱多简单，两下子我就把自己给卖了！

你的红唇带着鲜花的芬芳，吹口气在我的脸上！

呵呵，潘多拉呀潘多拉，我意乱情迷地掀开祸害啊！

故事如果是这样，不该有悲伤，我也不会绝望，

可是我冰冷的胸膛，失去你的温暖啊，一片凄凉！

瞧，春蚕到老丝方尽，男人到死犹不甘！最好笑的是，我写着写着，突然想幽自己一默。

朋友劝我找个大夫看一看，这种爱过头的症状，

我很遗憾这个城市的宾馆，找不到一间单人房！

哈哈，写到这里，自我乐了半天，然后又哭了！紧接着再写：

所有人成对成双，我走在路上，

显然很不一样，我不是故意要这样，

嘲笑自己的荒唐，回家就感觉空旷！

写完后，一阵沉默……

爱？不爱？爱？不爱？爱？不爱？！

感觉像是我在写情歌的时候，都得找一朵花来，一瓣一瓣地掰开，

然后嘴里念念有词地唠叨着爱、不爱，直到最后一瓣，终于决定今天要写不爱。

其实爱没那么简单，又其实爱也没那么复杂。多心的永远是人们自己，那既然写爱或写不爱都很纠结，我干脆在副歌这么写道：

爱情总是每天一个新花样，逗得人跟着团团转，
来不及问自己到底怎么样，一盆冷水就倒在头上，
如梦一场！

感情总是每个人都有主张，偏偏频率就不一样，
连一句爱不爱我，都说得勉强！

曾经有人问我：“你老是写情歌，累不累啊，你应该多写一些励志型的歌曲，对社会对大众都有好处的才对啊？”

我泪流满面，哥哥，我写过好吗，连我儿子的校歌都是我们写的，但是您说那能红吗？

既然不红，那您能听得到吗？您听到的都是红歌手唱红的啊，您叫那英来我儿子学校唱校歌？那像话吗？

爱不爱写了一辈子，掰花瓣也掰了几十年，靠着情歌养家活口一路走来，《玉山之歌》啦，《蝴蝶的故乡》，这些我们默默为这块土地写的作品又有谁听到？

人们看选秀节目，万一哪位参赛者一开口就是爱国歌曲，你想他会得啥名次？

娱乐娱乐，我不娱你不乐，我于是自娱自乐总可以吧！好玩的是，我们越玩越开心，而人们也一路支持过来，该做的我们没落下，不该做的我们……坚决不做！

除非价码够！

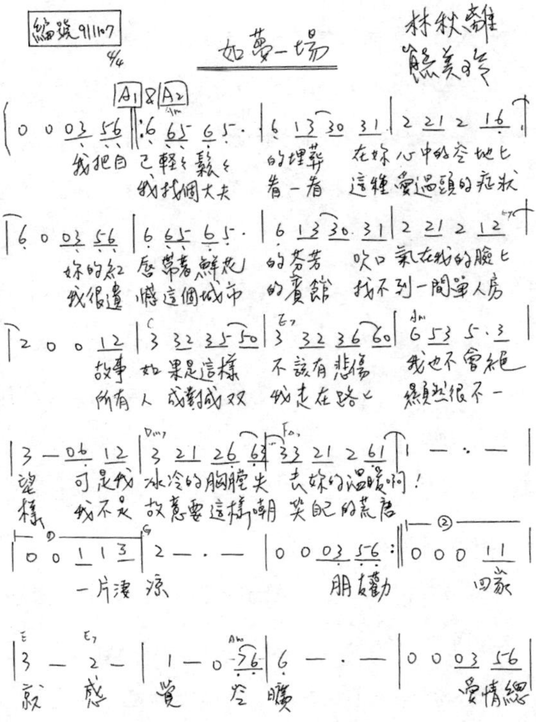

《如梦一场》之后语

老婆一向清纯可人，但是偶尔也会写出一些成熟妩媚到让我惊心动魄的旋律，这才发现其实老婆也有内媚。她是那种宁可当一辈子娃娃的女孩，可是她又不习惯作伪，所以很清新。

至少认识我们很久的朋友，最担心的就是我把她带坏了，可最冤枉的是，我被她给带好了。

我从不在乎别人怎么看我，一惯我行我素的，跟她在一起后，稍稍地收敛了些，当然，在别人眼中这改变简直是微乎其微，可我自觉循规蹈矩了很多。

有一次我严肃地问老婆："我像是一个好人吗？"

她更严肃地回答我："在懂得你的人的眼中，你是个好人，而且，好得很笨！"哇噻，这是什么赞扬啊？

我当下不答应了，再追问她："那我年轻时跟现在比起来怎样？"

她回答："你年轻时聪明多了。"

我不解，她补充："你那时懂得追我！"

哇，谁还说熊美玲单纯，我跟谁急！